KB072679

생텀

이영균 장편 소설

FUSION FANTASTIC STORY

생텀 4

이영균 장편 소설

초판 1쇄 찍은 날 § 2014년 9월 19일
초판 1쇄 펴낸 날 § 2014년 9월 26일

지은이 § 이영균
펴낸이 § 서경석

편집부장 § 권태완
편집책임 § 박가연

펴낸곳 § 도서출판 청어람
등록번호 § 제387-1999-000006호
등록일자 § 1999. 5. 31
어람번호 § 제1-1936호

주소 § 경기도 부천시 원미구 부일로 483번길 40 서경B/D 3F (우) 420-822
전화 § 032-656-4452 팩스 § 032-656-4453
http://www.chungeoram.com
E-mail § chungeorambook@daum.net

ISBN 979-11-316-9197-7 04810
ISBN 979-11-316-9105-2 (세트)

Sanctum

생텀

이영균 장편소설

FUSION FANTASTIC STORY

4

도서출판

청람

Sanctum

생텀

CONTENTS

제37장

최강의 파티

굿마나라 동굴 앞에 선 무혁은 크게 심호흡을 했다.

악마의 아가리처럼 입을 벌리고 있는 굿마나라 동굴은 무혁이 지금껏 쌓아 올린 모든 것을 시험하는 장소였다.

무혁은 지구에 등장한 최초의 던전에 진입하기 전 마지막 점검을 시작했다.

"실드 반지, 모두 꼈지?"

"네."

"웅!"

"해독 포션은 각자 2개야. 확인해."

"네."

또박또박 대답하는 로미와 달리 세바스찬이 토를 달고 나섰다.

"로미의 축복이 있으니 해독 포션은 필요 없어."

"만사불여튼튼! 잔소리 말고!"

"누가 잔소리하는지 모르겠네. 알았어. 챙겼어."

"힐링 포션은 각자 3개씩!"

"네."

"오케이!"

무혁은 붉은색 유리병에 담긴 힐링 포션을 입고 있던 하프 플레이트 갑옷 허리에 찬 하드 케이스에 챙기며 물었다.

"그런데 정말로 이걸 마시면 다친 곳이 아무는 거야? 믿을 수가 있어야지."

"지구에 판매되고 있는 리저력션의 원본이니까요."

"생텀에는 부부 간의 싸움은 칼로 트롤 베기라는 표현이 있어. 그만큼 트롤의 재생력이 무시무시하다는 이야기야."

"좋아. 다음은 마나 포션! 한 개씩."

"전 필요 없어요."

"하긴……. 로미는 신성력을 사용하니까 필요 없겠다. 좋아. 세바스찬에게 넘겨줘. 맨날 마나 부족해서 징징대잖아."

"쿵, 여기가 생텀이면 나의 진정한 힘을 보여줄 수 있을 텐데……."

"현실에 순응하라고!"

"알았다고!"

생텀제 장비 점검을 마치자 무혁은 지구제 장비 점검에 들어갔다.

지구제 장비의 대표 주자는 단연 총기다.

던전이라는 장소의 특성상 바스타드 소드는 물론 무혁이 애용하는 AWSM 저격 소총을 사용하기에는 불편한 점이 너무 많았다.

무혁은 로미가 어색하게 들고 있는 FN P−90 기관단총부터 점검했다.

P−90은 총기 상부에 돌려 끼워 결합하는 독특한 구조를 사용하는 50발 탄창과 가벼운 무게와 낮은 반동이 특징인 기관단총으로 5.7㎜ 경량 초고속탄을 사용한다.

5.7㎜이 탄은 방탄복을 관통하지만 인체는 관통하지 않는 목적으로 개발된 탄으로 테러리스트의 피를 빨아먹고 자란 총이라는 별명이 붙어 있는 MP5가 사용하는 9㎜탄에 비해 월등한 저지력을 발휘한다.

즉, 던전이라는 좁은 공간과 월등한 체력을 가진 몬스터에게 안성맞춤인 총이다.

"꼭 쥐고, 내 등은 쏘면 안 된다. 하지만 세바스찬은…

음… 상관없어. 낮짝만큼이나 피부가 두꺼워서 관통하지 않을 거야."

"……."

세바스찬이 사용할 총기는 20발짜리 드럼 탄창을 장전한 USAS—12 자동 샷건을 선택했다.

미국의 길버트 이큅먼트사에서 설계하고 S&T 대우에서 제조한 이 전자동 산탄총은 12게이지 산탄을 난사함으로써 지구 최초의 던전 파티에 막강한 화력을 제공해 줄 예정이었다.

무혁은 로미와 같은 P—90을 선택했다.

아무래도 좁은 던전의 구조와 월등한 50발의 장탄수를 고려하면 이만한 총기가 없었다.

이제 할 수 있는 준비는 모두 끝났다.

한 가지 미흡한 점이 있다면 혹시 있을지 모를 바이러스성 전염병에 대한 대비였다.

아프리카에서의 지독한 경험은 로미의 신성력이 가진 한계를 보여주었다.

신성력은 분명 위대한 힘이다.

암과 백혈병을 고치고 잘린 다리를 붙이고 찢어진 상처와 파열된 내장은 복구한다.

그러나 감기를 필두로 한 에볼라, 장티푸스, 천연두, 말라리아, 황열병 등 바이러스성 질병에는 이상하리만큼 효과가 없다.

여기에 덧붙여 무혁이 알게 된 더 놀라운 사실은 생텀에는 지구인들의 생명을 숱하게 앗아간 바이러스성 전염병이 전무하다는 사실이다.

'좋은 세상이야. 어쨌든 맞을 수 있는 예방접종은 모두 맞았으니… 다른 바이러스가 없길 바랄 수밖에…….'

당연한 이야기지만 검도 포기하진 않았다.

다만 던전 내 사용성을 고려해 바스타드 소드 대신 익숙하진 않지만 상대적으로 길이가 짧은 롱소드를 등에 걸쳐 멨다.

*　　　*　　　*

무장 점검이 끝나자 무혁은 굿마나라 동굴 앞에 서서 올리비아가 준비해 준 하드 케이스를 열었다.

하드 케이스 안에는 하드 스펀지로 단단하게 고정된 손바닥 크기의 드론 20개가 들어 있었다.

'좋은 세상이란 말이지.'

무혁은 굿마나라 동굴에 들어가기 전 가급적 많은 정보를 얻기를 원했다.

그러나 보안부대가 사용했던 정찰 로봇으로는 그 목적을 달성할 수 없었다.

굿마나라 동굴의 총 길이는 대략 7㎞에 달한다.

정찰 로봇을 가장 깊숙한 곳까지 이동시키는 데 성공한다 해도 수집한 데이터를 동굴 밖으로 전달할 수 없다는 의미다.

대안으로 선택된 장비가 바로 미군이 동굴에 숨은 테러리스트 소탕용으로 테스트하고 있던 바로 이 드론들이다.

하드 케이스에 달린 컨트롤 스위치를 조작하자 4개의 프로펠러가 달린 드론들이 둥실 떠올라 동굴 안으로 들어갔다.

위이이이잉!

위이이잉!

벌처럼 윙윙거리며 동굴로 들어간 드론들이 서로 인공지능 네트워크를 형성하면서 터널을 탐사한 후 영상과 3차원 공간 데이터를 외부로 전송하기 시작했다.

하드 케이스의 뚜껑 안쪽에는 두 개의 모니터가 달려 있었다.

드론들이 송출한 영상들이 두 개의 모니터 중 하나에 격자형으로 플레이되기 시작했다.

드론들은 미로를 개척하는 쥐처럼 주어진 인공지능에 따라 동굴을 탐험하고 데이터를 송출했다.

웸 출몰 구간을 지나자 수백 마리의 오크가 우글대고 있는 공동이 나타났다.

오거들이 모여 있는 공동도 존재했다.

그러나 굿마나라 동굴의 대부분 구역은 자연적인 동굴 그대로의 모습을 보여주고 있었다.

"생텀의 던전도 이런 식이냐?"

"만든 사람이 누구냐에 따라 다르지."

"……."

우문현답이다.

얼마의 시간이 지나고 드론들이 탐색을 끝냈다.

두개의 모니터 중 우측 모니터에 드론들이 보내준 데이터로 만들어진 완벽한 3차원 지도가 디스플레이되기 시작했다.

무혁은 3차원 지도에서 가장 깊숙한 장소를 선택했다.

그 지점과 가장 가까이 있던 드론이 이동을 시작했고 인간의 손이 닿은 것이 분명해 보이는 거대한 바위의 존재를 알려주었다.

"찾았다."

3차원 지도 데이터를 헬멧에 달린 헤드업 디스플레이와 연결되어 있는 전술 컴퓨터로 옮긴 무혁은 그 데이터를 로미와 세바스찬에게 공유했다.

"우와! 이거 정말 대단하다. 미로 찾기가 껌이겠어."

"기술은 기술일 뿐이야. 저 던전을 통과해야 할 사람은 우리라구."

"알았습니다. 시어머니! 하여튼~ 잔소리는!"

"…잔말 말고 앞장서!"

한 손에는 USAS−12를, 또 한 손에는 티타늄으로 만든 방패를, 등에는 롱소드를 짊어진 세바스찬을 선두로 일행은 굿마나라 동굴, 아니, 굿마나라 던전으로 진입했다.

*   *   *

점액질 구간의 신경독은 로미의 축복을 받은 일행에게 아무런 해도 끼치지 못했다.

곧이어 등장한 검은 연기도 마찬가지였다.

신성력에 검은 연기가 녹듯 사라지자 무혁은 잠시 전진을 멈췄다.

"이제 웜이 등장할 차례야. 실드 반지를 사용해."

"알았어."

"네."

실드를 사용하면 반지 통신이 단절된다는 약점이 존재했지만 이곳은 지구다. 무혁은 초소형 블루투스 인터컴으로 통신 문제를 깔끔하게 해결했다.

"잘 들려?"

─웅!

─네!

미리 페어링해 둔 블루투스 인터컴의 작동 상태를 확인한 무혁은 세바스찬에게 다시 전진을 지시했다.

"전진!"

웸이 나타났던 구역에 도착한 일행은 다시금 전진을 멈췄다.

몇 발 움직이지 않아 검은 구름이 몰려왔다.

위이이이잉!

위이잉!

위이이이잉!

웸의 등장이다.

무혁은 몰려오는 웸의 전면에 소이 수류탄을 까 던졌다.

펑!

동굴 전체가 화염에 휩싸였다.

스칸다들은 웸을 전기로 물리쳤지만 무혁은 전기 대신 불을 선택했다.

화염을 완벽하게 막아주는 실드라는 완벽한 방어막이 있었고 웸이 특히 불에 약하다는 세바스찬의 이야기 때문이다.

새까맣게 타버린 웸의 잔해가 동굴 바닥을 뒤덮었다.

무혁은 비로소 웸의 형태를 확인할 수 있었다.

"일종의 딱정벌레처럼 생겼네."

"생명체의 몸속으로 파고 들어가서 알을 낳아. 그리고 그 안에서 성장해 살을 파고 나오지. 그런 측면에서 보면 딱정벌레라기보다는 파리에 가깝다고 할 수 있어."

"……."

어쨌거나 알려진 3가지 난관은 모두 극복했다.

던전의 나머지 부분은 미지의 세계다.

드론에 반응하는 놈이 있기를 바랐지만 아쉽게도 그런 행운은 주어지지 않았다.

아무래도 드론이 생명체가 아니라서 미로의 관문들이 반응하지 않는 것 같았다.

세바스찬을 앞세워 전진하려던 무혁은 동굴을 마지막으로 둘러보았다.

"……."

관문을 통과하는 데에만 신경을 쓰느라 생각이 미치지 못했던 부분이 새삼스럽게 위화감으로 다가왔다.

당연히 있어야 할 것이 없었다.

무혁은 세바스찬을 불러 멈추고 말했다.

"없어."

"뭐가?"

"보안부대의 시체들이……."

"그러고 보니… 어디 갔지?"

답은 하나뿐이다.

"카이탁! 이 개자식!"

누가 뭐래도 말콤은 카이탁의 실험 대상 따위가 아니다.

그는 존중받아 마땅한 남자다.

무혁은 분노를 양분 삼아 세바스찬에게 전진을 명령했다.

방패를 앞세워 전진하던 세바스찬이 정지 신호를 보냈다.

"바닥과 벽, 천장에 암기 발사기가 숨겨져 있어."

아무리 눈을 씻고 찾아봐도 세바스찬이 가리킨 장소는 자연 그대로의 바위일 뿐이었다.

"역시 넌 기사가 아니라 도둑이었어."

"큭, 난 엄연한 기사라구. 여비가 떨어졌을 때 몇 번 3류 마법사의 던전을 털기는 했지만… 그 정도는 누구나 다 하는 짓이야."

자신을 합리화한 세바스찬은 방패를 등 뒤에 메고 로프를 챙긴 후 앞으로 나섰다.

"뭐하려고?"

"함정을 파훼해야지. 대충 20m 정도로 보이니 형은 몰라도 난 뛰어넘을 수 있어."

"그래서?"

"그래서는 뭐가 그래서야. 로프로 길을 만든 다음 매달려 넘어야지."

이럴 때 보면 세바스찬은 아직도 생텀식 사고방식에서 완전히 벗어나지 못했다.

무혁은 빙긋 웃으며 수류탄 한 개를 까 함정에 던져 넣었다.

"숙여!"

"……"

꽝!

폭발과 함께 수천 발의 쇠꼬챙이가 동굴의 천장과 바닥과 벽에서 튀어나왔다.

핑!

피핑!

핑!

한 발의 수류탄이 함정을 완전히 박살 냈다.

잔뜩 폼을 잡다가 머쓱해진 세바스찬이 툴툴거렸다.

"반칙이야. 자고로 얼마나 함정을 부수지 않고 통과하느냐가 던전 탐험의 정수라고."

무혁은 로미를 가리켰다.

"저 옷차림으로 줄을 타고 함정을 통과하길 바라는 거냐?"

로미는 무릎 한참 위에서 끝나는 나풀거리는 미니스커트 형태의 신관복에 갑옷을 걸치고 있었다.

*　　　*　　　*

파괴된 함정을 지나자 이번에는 길고 평탄한 복도가 나타났다.

100m는 족히 되어 보이는 이 복도의 천장과 바닥과 양쪽 벽에는 삼각형과 사각형과 오각형이 어지럽게 교차된 문양들이 음각으로 새겨져 있었다.

"얼핏 봐도 보통 복도가 아닌 것 같아."

"환상마법이네."

복도에 설치된 함정을 한눈에 파악한 세바스찬이 아쉬움이 묻어나는 어조로 덧붙였다.

"라스토라 제국 성도에 '붉은 머리카락' 이라는 이름을 가진 유곽이 있어. '붉은 머리카락' 의 특징은 최고급 유곽이면서도 여자가 없다는 점이지."

"여자가 없다. 그럼 남색 전문 유곽이란 말인가?"

"크크크크, 뭐 남창 전문 유곽도 있긴 하지만 붉은 머리카락은 아니야."

"여자도 남자도 없다? 그런데 어떻게 유곽이라고 부를 수

있지?'

세바스찬은 복도의 문양을 가리키며 말했다.

"바로 저 환상마법 때문이야. 붉은 머리카락은 환상마법을 사용해서 손님이 상상하는 모든 방법으로 성을 경험하게 만들어주거든."

일종의 가상현실처럼 들렸다.

깨끗하고 안전하다.

이런 방식의 매춘이라면—이를 매춘이라고 정의할 수 있을지는 모르지만—육체적 불륜에 대한 죄책감도 상당 부분 희석될 수 있을 것 같았다.

무혁은 복도의 문양을 카메라에 담으며 생각했다.

'…떼돈을 벌 수 있을지도……'

그러나 그런 생각은 이어진 세바스찬의 말에 의해 산산조각 났다.

"하지만 저 복도에 펼쳐진 환상마법에는 종료를 담당하는 룬문양이 존재하지 않아. 저 속에 들어가면 문자 그대로 정기가 쪽 빨려 해골과 가죽만 남을 때까지 허우적대다 죽은 다는 말이지."

"어떻게 그렇게 잘 알지?"

"나도 랭던 왕국에 하나 차리려고 나름대로 조사를 했었거든……"

사람의 생각은 비슷한 법이다.

무혁은 희망을 놓치지 않고 물었다.

"종료 신호 문양을 추가하면 되잖아."

"누가?"

"……"

"저런 룬 문양을 새기고 마나를 주입하고 발현시키고 유지할 수 있는 사람은 마법사들뿐이야. 우리같이 평범한 인간들은 죽었다 깨어나도 할 수 없는 일이지."

아쉽지만 떼돈을 버는 일은 취소다.

무혁은 물었다.

"그럼 지나가는 방법은?"

"뭘 어떻게 지나가? 그냥 걸어가면 되지. 우리는 신성력으로 보호받고 있잖아."

"…신성력이라는 것은 마법에 대해서도 면역이냐?"

"저런 환상마법 같은 정신계 마법은 사뿐히 무시할 수 있지. 정신계 마법도 네크로맨서들에게서 나온 일종의 흑마법이거든……."

"네크로맨서들의 씨를 말렸다는 마법사들이 용케도 환상마법은 금지하지 않았네?"

"마법사들도 돈이 필요하거든. 그것도 엄청나게 많은 돈이……. 형도 알겠다시피 저 마법 돈 벌기에는 대박이잖아."

"그렇지? 아깝다."

잠자코 두 사람의 대화를 듣고 로미가 말했다.

"변태들!"

"……."

"……."

* * *

로미의 날카로운 눈빛을 애써 무시하며 복도를 통과한 일행 앞에 무저갱처럼 어두운 지하로 이어진 돌계단이 모습을 드러냈다.

헤드업 디스플레이는 저 돌계단 아래 수백 마리의 오크가 득실대고 있다는 사실을 알려주고 있었다.

"모두 조심해."

"형이나 조심해."

"알았어요."

세바스찬을 선두로 일행은 천천히 지하로 내려갔다.

무혁이 마음속으로 계단의 숫자를 150개까지 헤아렸을 때 저편 아래에서 익숙한 소리가 들렸다.

꾸에에에엑!

꾸에에엑!

꾸에에엑!

오크다.

아마도 오랜 시간 던전에 갇혀 몹시 굶주렸을 오크들이 인간의 냄새를 맡고 흥분하고 있었다.

꾸에에엑!

꾸에엑!

꾸에에엑!

세바스찬이 물었다.

"죽일 거야?"

"……."

죽이면 간단하다.

무혁과 세바스찬이 보유한 무력이라면 오크를 모두 죽이는 일은 그리 어렵지 않다.

'오크는 인간이야.'

디바인 마크만 찾으면 저들을 인간으로 되돌릴 수 있다.

무혁은 로미를 바라보았다.

"로미……."

로미는 오크들을 슬픈 눈빛으로 바라보며 말했다.

"선을 넘었어요."

"무슨 소리야."

"돌아올 수 있는 마지막 선을 넘었다는 이야기예요."

"……"

지구의 오크에 대해 무혁이 알고 있는 사실은 단순하다.

네크로맨서는 디바인 마크를 이용해 인간을 오크로 변화시킨다.

이 과정에 사용된 디바인 마크와 로미의 신성력을 결합하면 오크를 인간으로 되돌릴 수 있다.

'되돌아갈 수 있는 선이 있다는 이야기는 처음 들었다고……'

의문은 백사장의 모래알처럼 많았지만 어차피 돌아오는 대답은 '마법'일 것이 분명하다.

마법은 만병통치약처럼 모든 질문을 무효화시키는 마력을 가지고 있다.

오크들의 웅성거림이 심해졌다.

꾸에에엑!

꾸에엑!

돌릴 수 없다면 선택지는 한 가지다.

무혁은 말했다.

"해치워!"

"오케이!"

방패를 앞세운 세바스찬이 쏘아져 나갔다.

꽝!

한 번의 방패차징으로 10여 마리의 오크가 도미노처럼 쓰러졌다.

꾸에에엑!

꾸에엑!

오크를 밀어내고 공간을 확보한 세바스찬은 자세를 바로하고 USAS—12 자동 샷건을 겨냥했다.

"나쁜 뜻은 없어."

퍼퍼퍼퍼펑!

퍼퍼펑!

원통형 탄창에 삽탄된 20발의 12게이지 산탄이 토해낸 수백 개의 쇠구슬이 공동을 죽음의 구역으로 선포했다.

꾸에에엑!

꾸에엑!

온몸이 걸레처럼 찢겨 나간 오크들이 고통에 몸부림쳤다.

그 끝이 죽음이라고 결정되어진 고통은 짧을수록 좋다.

무혁은 P—90를 들고 방아쇠를 당겼다.

투다다다당!

투다다당!

불과 몇 초 사이에 50발 탄창이 깨끗하게 비워졌다.

USAS—12 자동 샷건과 P—90이 토해낸 쇳덩어리들이 사신의 낫처럼 오크들을 휩쓸었다.

전투는 시작이랄 것도 없이 끝났다.

무혁은 빼곡하게 공동을 덮고 있는 오크의 시체들을 보고 토하고 싶다는 생각을 했다.

'이건 전투가 아니야. 학살일 뿐이지.'

언제나처럼 세바스찬은 무혁과는 다른 감상을 털어놓았다.

"깨끗해서 좋네. 검은 아무래도 지저분해지거든."

"⋯⋯."

인간은 저마다 다른 방식으로 세상을 본다.

무혁에게는 홀로코스트로 느껴지는 장면이지만 세바스찬은 내장과 배설물이 흘러나오지 않아 좋다고 생각한다.

'다름을 인정해야지. 하지만 잘 안 돼.'

이제 통로는 십여 마리의 오거가 기다리고 있는 공동으로 이어졌다.

막강한 위력을 가진 USAS—12 자동 샷건과 P—90이지만 오거의 두터운 가죽 앞에서는 한줌의 모래를 뿌린 것과 같은 위력밖에 보이지 못했다.

결국 오거는 롱소드를 이용해 처리해야 했다.

최종 스코어는 세바스찬 10마리와 무혁 8마리였다.

오거 시체를 모두 처리한 무혁은 잠시 휴식을 취하기로

했다.

지금까지 진행한 거리는 1㎞에 불과했고 남은 거리는 6㎞. 충전이 필요한 시점이었다.

식사를 포함한 휴식을 마친 일행은 다시 던전 탐험을 시작했다.

오거 이후의 던전은 미지의 세계였다.

미지의 첫 번째 장은 동굴의 벽이 무너져 내리는 것으로 시작되었다.

쿠구구쿵~!

무너진 동굴 벽에서 나타난 것은 소형차만 한 크기의 개미였다.

따따딱!

딱딱!

개미는 쇠기둥도 끊어버릴 것 같이 생긴 집게 주둥이를 딱딱거리며 일행을 위협했다.

"젠장~! 저게 뭐야!"

"자이언트 앤트!"

무혁은 방아쇠를 당겼다.

투다다당!

팅!

티팅!

총탄이 자이언트 앤트의 금속질 갑피에 명중했고 불꽃을 튀기며 속절없이 튕겨 나갔다.

개인화기의 화력만으로는 오크나 고블린 이외의 몬스터들을 대적할 수 없다는 사실만 확인한 셈이다.

꽈르르르릉!

뒷면 동굴 암벽이 무너져 내리며 또 한 마리의 자이언트 앤트가 모습을 드러냈다.

딱!

따따딱!

세바스찬이 새롭게 나타난 자이언트 앤트를 막아서며 소리쳤다.

"머리와 목 사이의 신경절이 약점이야."

무혁은 P—90을 던져 버리고 롱소드를 빼 들었다.

세바스찬이 말한 신경절은 자이언트 앤트의 거대한 머리와 목을 감싸고 있는 키틴질 갑주 사이의 호두알만 한 크기의 하얀 점을 의미했다.

자이언트 앤트가 거대한 두 개의 이빨을 휘두르며 다가왔다.

딱딱딱!

"젠장!"

절대로 하고 싶지 않은 일을 해야만 했다.

무혁은 롱소드를 앞으로 내밀고 시위를 떠난 활처럼 쏘아져 나갔다.

"웃차!"

팅!

롱소드가 과녁에서 허무하게 빗나갔다.

격렬하게 움직이고 있는 자이언트 앤트의 신경절을 찌르는 일은 5㎞ 밖에서 흔들리는 갈대의 줄기를 맞추는 일만큼이나 어려웠다.

"젠장!"

뒤로 물러설 수도 없었다.

등 뒤에는 로미가 있었다.

무혁은 욱신거리는 손으로 롱소드를 고쳐 잡고 다시 한 번 앞으로 돌진했다.

그러나 이번에도 공격은 실패로 돌아갔다.

깡!

롱소드가 키틴질 갑주를 뚫지 못하고 허무하게 튕겨 나왔다.

펙!

무혁은 자이언트 액트가 휘두른 턱에 맞고 동굴 벽에 처박히고 말았다.

"크억!"

피를 한 움큼 토한 무혁에게로 자이언트 앤트가 다가왔다.

딱! 딱! 딱! 딱!

거대한 턱이 무혁을 노리고 있었다.

"오빠!"

로미의 목소리가 들렸다.

동시에 빛이 있었다.

로미였다.

로미가 움쳐진 황금홀에 쏘아 보낸 빛이 무혁의 몸을 반 토막 내려던 자이언트 앤트의 눈을 자극했다.

딱딱딱딱딱!

턱을 빠르게 움직이며 자이언트 액트가 머리를 돌렸다.

그 덕분에 키틴질 갑주에 감춰져 있던 신경절이 모습을 드러냈다.

무혁은 있은 힘을 모두 짜내 롱소드를 들어 올렸다.

하지만 롱소드와 신경절과의 거리는 지구와 달 사이의 거리만큼이나 멀어 보였다.

방법은 한 가지뿐이었다.

무혁은 남은 마나를 모두 롱소드에 밀어 넣었다.

부우우웅!

1m 이상의 오러가 광채를 뿌리며 뻗어났다.

그리고 그렇게 늘어난 오러가 레이저광선처럼 쏘아져 나

가 신경절에 명중했다.

자이언트 액트가 격렬하게 몸부림치며 바닥에 몸을 누였다.

쿠쿠웅!

"헉, 헉, 헉!"

다른 한 마리의 자이언트 액트를 처리한 세바스찬이 다가오는 모습이 보였다.

걸친 갑주의 가슴 부위가 움푹 패인 것으로 보아 세바스찬도 쉬운 전투를 치른 것은 아니었다.

무혁은 숨을 헐떡거리며 말했다.

"3급 던전이 이 정도면 그 위의 던전에는 어떤 괴물이 나오는 거냐?"

"3급 던전이란 말은 수정할게. 최소 2급, 잘하면 1급 던전은 되어 보여. 참고로 2급 던전을 클리어하기 위해서는 기본 12명의 파티원이 필요해. 1급 던전의 경우는 64명이 필요하고."

"……."

12명이든 64명이든 지금은 3명뿐이다.

이 3명으로 던전을 클리어하고 니콜을 구해야 했다.

제38장

슬픈 재회

Sanctum

던전은 죽음의 공간이었다.

일행은 집채만 한 크기의 자이언트 스파이더의 공격을 받기도 했고 길이가 10m도 넘는 자이언트 어스웜의 공격도 받았다.

거대한 지렁이인 자이언트 어스웜은 단단한 암벽을 모래처럼 뚫고 나타나 일행을 공격했다.

몇 번의 죽을 고비를 넘기고 자이언트 어스웜을 처리한 후 세바스찬이 말했다.

"이놈은 새끼야."

"지금도 길이가 10m는 되어 보이는데, 다 성장하면 얼마나 큰다는 소리야?"

"대략 50m?"

"질린다, 질려."

수많은 몬스터의 공격 중 일행을 가장 힘들게 한 것은 단연 슬라임이었다.

푸딩처럼 생긴 슬라임은 어쩌면 귀엽다고 말할 수 있는 외모를 가지고 있었다.

그러나 외모는 외모일 뿐, 슬라임은 닿는 모든 것을 녹여버리는 치명적인 공격력과 자르면 자를수록 두 배로 늘어나는 증식력으로 일행을 악몽 속으로 인도했다.

동굴 절반이 슬라임으로 뒤덮이고서야 세바스찬은 슬라임의 처리 방법을 기억해 냈다.

"불이야. 불이 필요해!"

불이라면 있다.

무혁은 실드를 뒤집어쓴 후 남은 모든 소이 수류탄을 쏟아부어 슬라임을 퇴치할 수 있었다.

*　　　*　　　*

던전에 들어온 지 꼬박 하루가 지났다.

이제 목적지인 바위문까지는 불과 400m를 남겨둔 상태다.

잠시 한숨을 돌릴 시간을 가지게 된 일행의 몰골은 말이 아니었다.

무혁은 소주 한 박스를 마신 후 토하다 사레가 들린 듯한 표정이었고 항상 깔끔했던 세바스찬의 모습도 10년은 안 씻은 노숙자처럼 처참했다.

항상 깨끗한 외모를 자랑했던 로미도 예외는 아니었다.

백옥같이 하얀 색을 유지했던 신관복은 더러운 먼지와 몬스터의 체액으로 더럽혀져 있었다.

"좀 쉬자. 죽겠다."

몸이 천근만근 무거웠다.

육체적인 피곤이야 신성력과 힐링 포션으로 어찌어찌 극복할 수 있었지만 정신적인 피곤함을 지울 방법은 쉬는 방법뿐이었다.

"찬성!"

"좋아요."

일행은 전투식량으로 식사를 하고 목을 축이고 서로 교대로 잠시 눈을 붙였다.

*　　　　*　　　　*

쪽잠이나마 자고 나니 한결 몸과 마음이 개운해졌다.

심신을 추스른 일행은 다시 전진을 시작했다.

남은 거리는 불과 400m.

드론이 만들어낸 삼차원 지도에 의하면 위협이 될 만한 공간은 바위문과 인접해 있는 거대한 공동뿐이었다.

무혁은 그 공동의 존재가 마음에 들지 않았다.

예상이 맞는다면 그곳에서 일행을 기다리고 있을 몬스터는 최악의 선택을 강요할 것이 분명했다.

'좋지 않아. 좋지 않다구.'

항상 그렇듯이 불길한 예감은 언제나 적중하는 법이다.

무혁은 그 공동에서 일행을 기다리고 있던 존재를 본 순간 욕설을 내뱉었다.

"씨발!"

석상처럼 줄지어 도열해 있는 인간들이 있었다.

낯익은 검은 군복을 입고 있는 그들은 보안부대원이었다.

보안부대원들은 총 대신 롱소드와 배틀 해머와 도끼를 들고 석상처럼 서 있었다.

로미가 안타까운 어조로 말했다.

"생명의 기운이 전혀 느껴지지 않아요. 저들은 투르칸 신의 품에 안긴 지 오래예요."

이미 죽었다는 의미리라.

보안부대원들의 뒤편으로도 은빛 전신 갑주를 걸친 100여 명의 인간의 모습이 보였다.

그들은 스칸다였다.

무혁은 물었다.

"좀비라도 된 건가?"

세바스찬이 고개를 저었다.

"좀비가 아니라 데스 나이트."

"데스 나이트?"

"타락한 기사의 원념을 먹이 삼아 네크로맨서가 만들어내는 최강의 언데드지."

요는 위험한 상대란 말이다.

"너랑 싸우면 누가 이기냐?"

"막상막하… 정도라고 해둘게."

타락한 기사, 원념, 최강이라는 수식어가 붙은 것치고는 생각보다는 약하다.

"별거 아닌걸? 내가 힘을 합하면 이길 수 있잖아."

세바스찬이 한심하다는 표정으로 무혁을 바라보았다.

"1대1의 경우를 말하는 거야."

"……"

눈에 보이는 데스 나이트의 숫자는 어림잡아 140명이다.

1대1도 어려운 판국에 2대140이란 숫자는 절망적인 비율이다.

무혁의 표정이 굳어지자 세바스찬이 씩 웃으며 말했다.

"하지만 우리에게는 언데드에 상극인 생명의 여신 유리아 님의 신관이 함께하잖아. 게다가 데스 나이트는 재료로 사용된 기사의 능력에 따라 위력이 천차만별인 법이야. 기본적으로 보안부대원과 스카다들은 평범한 인간에 지나지 않아. 그러니 데스 나이트라고는 해도 그리 강하지 않을 거라구."

다행스러운 이야기다.

숨 돌릴 틈도 없이 위험은 즉각적으로 나타났다.

데스 나이트들이 눈을 떴다. 당연히 눈동자가 있어야 할 자리에는 암흑의 어둠만이 자리 잡고 있었다.

<u>그그그그그그.</u>

심연의 저편에서 진동하는 악마의 움직임처럼 낮은 저음이 들렸다.

동시에 데스 나이트들의 동공에서 어두운 붉은빛이 쏟아져 나왔다.

세바스찬이 USAS—12 자동 샷건을 발사했다.

투다다다다당!

12게이지 산탄에서 튀어나간 쇠구슬들이 데스 나이트들을 덮쳤다.

평범한 쇠구슬들이 로미의 축원에 힘입어 뱀파이어에게
쏜 은탄환 같은 효과를 발휘했다.

푸슈슈슈슈!

쇠구슬에 맞은 부위가 먼지처럼 흩어지기 시작했다.

"나이스!"

그러나 축배를 들기는 아직 일렀다.

온몸에 구멍이 숭숭 뚫렸음에도 불구하고 데스 나이트들
은 움직였다.

<u>그그그그그그</u>.

데스 나이트들은 유성처럼 빠르게 일행에게 접근했다.

"젠장! 지구 무기는 다 좋은데 이런 점이 안 좋아."

지구의 개인화기가 가진 저지력과 펀치력으로는 샘텀의
몬스터나 언데드에게 부족하다는 사실이 다시 한 번 입증되
었다.

무혁도 롱소드를 들고 전투에 합류했다.

그리고 곧바로 자신의 선택을 후회했다.

'뭐냐?'

데스 나이트는 축복을 받지 않은 세바스찬의 움직임에 필
적하는 운동 능력을 보여주었다.

'나랑 비슷하잖아. 하지만!'

어디까지나 운동 능력이 그렇다는 말이다.

일반인으로 만들어진 데스 나이트는 기사로 만들어진 데스 나이트와 달리 오러를 사용하지 못했다.

*　　　*　　　*

붉은 안광을 쏘아대며 달려드는 데스 나이트의 머리를 날려 버린 무혁은 마나를 한껏 끌어 올렸다.

부우우웅!

스팟!

오러가 춤을 췄고 한바탕 피보라가 몰아쳤다.

그리고 그 피보라는 몰아친 것보다 빠르게 가라앉았다.

전투가 끝난 공동은 데스 나이트의 신체 부위가 어지럽게 널려 지옥도를 방불케 했다.

롱소드에 묻은 검은 피를 털어버린 세바스찬이 공동의 끝을 가리켰다.

"형……"

공동 끝, 통로를 막고 한 남자가 서 있는 모습이 보였다.

남자는 오른손에는 보기만 해도 기가 질릴 정도로 거대한 배틀액스를, 왼손에는 수박만 한 둥근 무언가를 항아리처럼 들고 있었다.

놀랍게도 처음에는 수박처럼 보였던 물건의 정체는 인간

의 머리였다.

　무혁은 한눈에 머리의 주인을 알아보았다.

　"말콤 대장……."

　무혁은 자신도 모르게 앞으로 걸어 나갔다.

　놀란 세바스찬이 무혁을 막아섰다.

　"말콤 대장이 아니야. 저건 듀라한이라구!"

　"듀라한?"

　세바스찬의 표정에 긴장감이 감돌고 있었다.

　듀라한이라 불린 말콤 대장이 배틀액스를 치켜들며 천천히 다가왔다.

　<u>그그그그그그.</u>

　"듀라한은 투라칸 신을 대신해 생명의 종말을 선언하는 역할을 맡고 있는 언데드야."

　"일종의 저승사자란 말이군."

　"평범한 저승사자가 아니지. 마법사 언데드인 리치와 함께 죽음의 군대의 사령관이기도 하거든."

　"……."

　말문이 막혔다.

　무혁은 말콤 대장을 좋아했다.

　말콤 대장은 자신의 잘못을 솔직하게 인정할 줄 아는 남자였다.

지위가 가진 권력에 의지하지 않고 스스로가 가진 매력만으로 빛나는 남자이기도 했다.

그런 말콤 대장과 죽음의 군대 사령관이란 직위는 전혀 어울리지 않았다.

다시 한 번 카이탁에 대한 분노가 치밀었다.

'말콤 대장은 저런 대우를 받을 인물이 아니야.'

이를 악문 무혁의 모습이 세바스찬에게는 두려움으로 비춰진 모양이었다.

세바스찬이 다가와 무혁의 어깨를 두드리며 말했다.

"그렇다고 너무 걱정할 필요는 없어. 아무리 듀라한이라고 해도 말콤 대장은 평범한 인간이었을 뿐이야. 생팀이라면 소드마스터급으로 듀라한을 만든다구."

"……."

"보여줄게."

세바스찬이 앞으로 나섰다.

무혁은 그런 세바스찬을 불러 세웠다.

"아냐. 내가 할게."

"그… 그럴래?"

"약점은?"

"심장. 그리고 머리를 조심해. 던지기도 하고 방패로도 쓰는데, 오러로도 자를 수 없을 만큼 단단해."

무혁은 롱소드를 고쳐 쥐고 앞으로 걸어 나갔다.

말콤 대장에게 해줄 수 있는 일은 오직 한 가지였다.

무혁은 말콤 대장에게 깨끗하고 영원한 죽음을 주고 싶었다.

'말콤 대장이 믿는 신의 품에 안기길 바랍니다.'

무혁이 나서자 듀라한이 냅다 머리를 던졌다.

슈우우우웅!

세바스찬에게 미리 듣고 대비하고 있지 않았다면 꼼짝없이 당했을 만큼 빠른 속도로 머리가 날아왔다.

"죽어라~! 지금이 너에게 정해진 죽음의 시간이다~!"

무혁은 죽음에 대해 이야기하는 머리를 향해 롱소드를 휘둘렀다.

부우우웅!

차마 검날을 사용할 수 없어 사용한 검면과 머리가 조우했다.

깡!

강철에 덧씌워진 오러와 인간의 머리가 만났을 때 나는 소리라고는 믿어지지 않을 만큼 경쾌한 금속음이 공동에 울려 퍼졌다.

머리가 야구방망이에 맞은 야구공처럼 공동 저편으로 날아갔다.

세바스찬이 소리쳤다.

"그 정도로는 안 돼."

"……"

세바스찬의 말대로 야구공처럼 날아가던 머리가 멈칫하더니 듀라한의 손으로 돌아갔다.

"죽어라~! 죽음이 영원한 생명이다. 생명은 죽음에 이르는 길을 걷는 걸림돌에 불과하다. 죽어라~!"

"……"

이미 듀라한은 말콤 대장의 인성을 한 올도 가지고 있지 않았다.

가지고 있던 망설임을 깨끗이 뇌리에서 지워 버린 무혁은 롱소드를 고쳐 쥐고 듀라한에게 달려들었다.

＊　　＊　　＊

듀라한은 강했다.

강해도 너무 강했다.

'젠장, 이게 아닌데……'

가쁜 숨을 몰아쉬며 무혁은 뒤로 물러섰다.

말콤 대장을 스스로의 손으로 안식을 주고 싶다는 생각은 이미 사라진 지 오래다.

듀라한과 무혁과의 거리는 15m가량.

'그 방법뿐이야.'

콩고 민주공화국에서 무혁은 자신의 마나를 자유자재로 사용하고 조정하는 법을 터득했다.

그리고 그런 경험을 바탕으로 한 가지 아이디어를 떠올렸다.

무협지에서 말하는 이기어검술(以氣馭劍術)이 바로 그것이다.

'투척한 롱소드에 한줄기 마나를 연결해 조종한다!'

아이디어는 단순(?)했지만 그 아이디어를 현실에서 구현하는 일은 전혀 그렇지 않았다.

세바스찬에게 물어본다는 쉬운 길이 있었지만 그렇게 하긴 싫었다.

전혀 관계없는 장면에서 튀어나오곤 하는 무혁 특유의 자존심, 혹은 오기 때문이다.

"아아아악!"

기합소리인지 울부짖는 소리인지 모를 소리가 허파를 비집고 새어 나왔다.

동시에 무혁은 롱소드를 밀듯 던졌다.

백색 오러로 빛나는 롱소드가 듀라한을 향해 날아갔다.

세바스찬은 자신도 모르게 소리쳤다.

"저런 멍청이!"

손을 떠난 롱소드는 그저 평범한 한 자루의 철검에 지나지 않는다.

오러를 유지하는 데 필요한 마나의 공급을 받지 못하기 때문이다.

온몸의 근육이 긴장했다.

말콤의 최후를 스스로의 손으로 보내주고 싶다는 무혁의 말을 지킬 상황이 아니었다.

하지만 세바스찬은 움직이지 않았다.

"어떻게?"

무혁이 투척한 롱소드가 여전히 빛나고 있었다.

빛나는 롱소드가 날아오자 듀라한이 머리를 방패처럼 내밀었다.

쩡!

오러는 듀라한의 머리를 뚫지 못했다.

머리에 막힌 롱소드가 힘없이 바닥으로 떨어져 내렸다.

바로 그 순간 무혁은 정신을 집중했다.

'될 거야!'

바닥으로 떨어지던 롱소드가 움찔하더니 살아 있는 생명

체처럼 다시 허공으로 솟구쳐 올랐다.

"됐어!"

롱소드가 허공에서 궤도가 바뀌며 듀라한에게 떨어져 내렸다.

듀라한이 머리를 치켜 올렸지만 이미 늦었다.

롱소드가 살아 있는 생명체처럼 머리를 피하더니 듀라한의 가슴으로 파고들었다.

바로 듀라한의 심장이 있는 그 위치였다.

그그그극~!

죽음에 대한 설교를 늘어놓고 있던 머리가 눈을 감고 침묵했다.

드디어 말콤 대장이 그의 신의 품으로 돌아간 것이다.

＊　　　＊　　　＊

세바스찬은 무혁이 롱소드를 조종한다는 사실을 깨닫는 순간 자신의 눈을 의심했다.

'어떻게 저런……'

세바스찬의 검술 수준은 검의 주인이라고 불리는 소드마스터 바로 아랫단계인 소드 익스퍼트 최상급이다.

그런 세바스찬이지만 무혁이 방금 보여준 기술을 흉내조

차 낼 수 없다.

'소드마스터도 저런 기술을 쓴다는 소릴 들어본 적이 없어.'

세바스찬은 자신이 쥐고 있던 롱소드를 내려다보았다.

30년!

문자 그대로 30년 동안 휘둘러 온 검의 감촉이 낯설었다.

'내가 둔재인 건가? 아니면 형이 천재인 건가. 그도 아니면……'

세바스찬은 로미를 바라보았다.

로미는 두손을 가슴에 모으고 걱정스러운 눈빛으로 무혁을 바라보고 있었다.

*　　*　　*

로미는 격정으로 들끓고 있는 가슴을 진정시키려 노력했다.

기대하고 있던 순간이지만 그 기대가 현실로 이뤄진 순간이 그리 달갑지 않았다.

'여신님, 신탁이 이뤄졌습니다. 하지만……'

신탁이 이뤄졌다는 의미는 이제 로미가 무혁과 함께 있을 수 있는 시간이 얼마 남지 않았다는 사실을 의미한다.

'괜찮아요. 전 괜찮아요.'

누구에게 향하는지 모를 말을 반복하며 로미는 기도를 계속했다.

제39장

소드마스터

무혁은 쓰러진 말콤 대장의 가슴에 꽂힌 롱소드를 빼어 들었다.

세바스찬이 다가오더니 물었다.

"어떻게 한 거야?"

"뭘?"

"방금 검을 조종했잖아. 어떻게 한 거냐구."

"어떻게 하긴! 롱소드와 나 사이에 마나를 연결했지. 알다시피 마나는 내 의지로 조종할 수 있으니 검도 그럴 수 있지 않을까 생각했거든."

"말이 돼?"

"혹시 너… 이 기술 못하냐?"

"당연히 못하지. 내가 소드마스터도 아니고……. 아냐, 소드마스터도 이런 기술을 쓴다는 소리는 들어본 적이 없어."

"소드마스터도 못 쓴다라……."

로또 1등에 10번 연속으로 당첨된 기분이 들었다.

소드마스터가 누구던가.

생텀 전체를 통틀어 3명뿐이라는 소드마스터는 문자 그대로 검을 마스터한 인간을 말한다.

그들은 신과 인간 사이의 별도의 존재로 추앙받으며 세상을 오시한다.

무혁이 아는 한 가장 강한 인간인 세바스찬이지만 자신과 소드마스터의 격차를 묻는 질문에 경외를 담아 이렇게 대답했었다.

—죽을 만큼 노력해도 소드마스터의 머리카락도 건드릴 수 없어. 자존심이 상하지 않냐구? 왜 자존심이 상해? 신에게 졌다고 자존심 상할 일 없는 것처럼 그들은 이미 인간이 아니야.

생텀에는 크게 두 가지 유형의 국가가 존재한다.

세속국가와 교국이 바로 그것이다.

세속국가는 황제나 왕이나 대공이 다스리는 제국, 왕국, 공국들을 의미한다.

교국은 13좌의 신에게 봉헌된 13개의 신정일치 국가를 말한다.

세속국가와 달리 이들 교국은 신녀나 교황이 직접 통치한다.

대륙 최강의 세속국가는 단연 라스토라 제국이다.

대륙에는 모두 3개의 제국이 존재하지만 라스토라 제국은 단연 최강의 국가로 손꼽힌다.

놀라운 사실은 라스토라 제국이 불과 100년 전까지만 대륙 중앙의 산악지대에 자리 잡은 볼품없는 공국에 불과했다는 점이다.

이런 라스토라 제국을 현재의 대륙최강의 국사 강국으로 만든 사람은 뮤테인 폰 카를마뉴 공작이라는 150세의 소드마스터다.

40세의 나이에 소드마스터가 된 카를마뉴 공작은 자신의 이복형이었던 막시밀리안 19세 대공과 함께 군사를 일으켰다.

당시 라스토라 공국의 전체 병력은 12기의 기사, 50기의 경기병, 1,200명의 병사뿐이었다.

일반적인 소규모 왕국이 보유하는 기사의 숫자가 500기 이상이란 점을 고려했을 때 라스토라 공국의 전쟁 선포는 주변 국가들의 조롱을 사기 충분했다.

하지만 그런 전력의 열세는 소드마스터 카를마뉴 공작 앞에서는 아무런 문제가 되지 않았다.

라스토라 공국은 가히 신과 같은 신위를 떨치는 카를마뉴 공작을 앞세워 주변 왕국들을 집어삼키기 시작했다.

50년에 걸쳐 이어진 정복 전쟁 과정에서 막시밀리안 19세 대공이 사망했고 막시밀리안 20세 왕이 즉위했으며 제국을 선포했을 즈음에는 프리드리히 21세가 황제가 되었다.

즉, 카를마뉴 공작은 현 라스토라 제국 황제 프리드리히 22세의 증조할아버지뻘인 것이다.

공국이 50년 만에 제국이 되었다.

이는 단 한 명의 소드마스터가 얼마나 가공할 만한 위력을 보여주는지에 대한 명확한 증명이다.

*　　　*　　　*

라스토라 제국이 대륙 최강의 세속국가라면 교국 최강 국가는 단연 전쟁의 신 아리스를 모시는 아리스단테 교국을 꼽을 수 있다.

전쟁의 여신 아리스는 자신에게 바쳐진 아리스단테 교국

을 무척 사랑한 모양이었다.

아리스 여신은 아리스단테 교국 건국일에 강림해 한 명의 소드마스터가 맥이 끊이지 않고 태어날 것이라고 약속했다.

이는 다른 소드마스터들이 시대나 장소에 상관없이 불특정하게 등장한다는 점을 고려할 때 엄청난 축복이라고 볼 수 있다.

대대로 아리스단테 교국의 소드마스터는 교국의 무력을 상징하는 성전사단인 레지오 아리스에(Legio Arise)의 수장을 맡는다.

현 레지오 아리스에의 수장이자 소드마스터는 불과 32세의 프랭크 더프 추기경으로 그는 지금까지 등장한 소드마스터 중 최강이라고 평가받고 있다.

카를마뉴 공작과 더프 추기경.

이 두 사람은 세속과 신정을 대표하는 인물로 대륙에 막강한 영향력을 미치고 있다.

마지막 세 번째 소드마스터는 통상적으로 그림자 기사라는 호칭으로 불린다.

그의 출신지도 나이도 성별도 알려져 있지 않아 붙여진 이름이다.

혹자는 그런 점을 들어 그림자 기사의 존재 자체를 부정하거나 혹은 그림자 기사가 존재하더라도 소드마스터가 아닐 거라고 주장하기도 한다.

소드마스터라면 최소 제국 공작위가 보장되어 있는 현실에서 그런 부귀영화를 마다할 인간이 없다는 이야기다.

하지만 이에 대한 반론도 만만치 않다.

반론을 펼치는 이들은 주로 최하층민이다.

그들은 그림자 기사가 억압받고 고통받는 자신들을 언젠가 구원해 줄 것이란 경험과 바람을 공유한다.

때문에 하층민들은 그림자 기사를 광휘의 기사라고 부른다.

*   *   *

어쨌든 무혁은 세바스찬도 하지 못한 일을 해냈다.

이 사실은 매우 중요했다.

무혁은 승리감을 만끽했다.

"크크크크. 결국 내가 소드마스터도 못하는 기술을 개발했다는 말이지?"

"큼. 꿈도 꾸지 마. 나도 못 이기는 주제에……."

세바스찬이 콧방귀로 응수했지만 무혁은 아랑곳하지 않았다.

"부러우면 부럽다고 해."

"나 이길 수 있어?"

"하룻강아지가 시끄러운 법이지."

"쿵!"

무혁도 자신이 소드마스터는커녕 세바스찬의 상대도 되지 못한다는 사실을 잘 안다.

하지만 상관없었다.

그저 그 누구도 사용할 수 없는 자신만의 기술이 생겼다는 사실이 기쁠 뿐이다.

'스킬에는 이름이 필요해. 멋진 이름이!'

잠시 고민 끝에 무혁은 이름을 결정했다.

'하르페(Harpe)가 좋아. 하르페로 결정했어.'

하르페는 그리스 신화에서 헤르메스신이 메두사를 죽이러 떠나는 페르세우스에게 준 날이 휜 검으로 불사신의 괴물조차 죽일 수 있는 권능을 가지고 있다.

무혁은 하르페의 검신이 휘어 있다는 데서 착안해 이 이름을 선택했다.

'부메랑 비슷하잖아. 내 검도 돌아온다구.'

부메랑과 검을 조종하는 기술 사이에는 아무런 연관관계도 없다는 사실 따위는 중요하지 않았다. 그저 그 어감이 멋져 선택했을 뿐이다.

사소한 일에는 신경을 쓰지 않는 무혁다운 작명이었다.

제40장

푸타나

무혁은 스칸다들이 차고 있던 은빛 목걸이와 팔찌와 발찌 몇 세트를 챙긴 후 남은 시신들을 한자리에 모았다.

다른 사람은 몰라도 말콤 대장의 시체라도 수습해 주고 싶었지만 이미 녹아내리기 시작한지라 도리가 없었다.

"좋은 곳으로 가길 바랍니다."

무혁은 묵념으로 그들의 영혼을 위로한 후 소이수류탄 한 개를 까 던졌다.

펑!

시체 더미가 타올랐다.

잠시 불꽃을 응시하던 무혁은 말했다.

"이동하자."

"응!"

"네."

잠시 후 일행은 통로를 막고 있는 거대한 바위 앞에 섰다.

얼핏 보기에는 자연석으로 보였지만 바위는 인간의 손길이 닿은 것이 분명했다.

그 증거로 바위 위쪽에는 CCTV가 설치되어 있었고 아래쪽에는 바위가 미끄러진 흔적이 고스란히 남아 있었다.

무혁은 CCTV에 손을 흔들었다.

아무런 반응도 없었다.

"세바스찬! 바위 문을 치워줘."

"그 잘난 하르페로 직접 하시지!"

"삐졌구나?"

"안 삐졌어."

"삐졌는데 뭘~!"

"안 삐졌대두."

연인 사이라면 평범하기 이를 데 없는 대화이지만 다 큰 남자들이 할 대화는 아닌 단어들이 오고 갔다.

결국 로미가 나서 두 사람에게 경고를 하고 나서야 세바스찬은 롱소드를 휘둘렀다.

스팡!

단칼에 집채만 한 바위가 사선으로 무너져 내렸다.

쿠르르~ 꽈광!

먼지가 사라지고 무너져 내린 바위 더미를 치우자 지금까지 보아온 삭막한 동굴과 달리 잘 정돈된 실험실이 모습을 드러냈다.

반짝이는 스테인리스 스틸로 만들어진 탁자가 먼저 보였다.

다음으로 붉은빛을 내뿜으며 돌아가고 있는 수많은 테스트 장비가 시선을 사로잡았다.

방으로 들어서던 로미가 구역질을 시작했다.

"욱! 우우욱!"

로미가 본 것은 한쪽 벽면을 가득 채우고 있는 거대한 유리관들이었다.

유리관 안에는 상상할 수 있는 모든 생명체와 융합된 키메라들이 들어 있었다.

생각할 필요도 없이 이곳은 카이탁의 연구소가 분명했다.

무혁은 고함을 질렀다.

"카이탁!"

대답은 돌아오지 않았다.

"니콜을 찾아!"

연구소를 발칵 뒤집었지만 니콜의 모습은 어디에서도 찾을 수 없었다.

세바스찬이 씩씩거리며 말했다.

"카이탁! 이 개자식! 우릴 조롱하려고 거짓말을 한 것이 분명해."

그렇게도 생각할 수 있겠지만 어딘가 어색했다.

"단지 조롱을 위해서 던전과 연구소를 포기한다? 납득하기 힘들어. 그렇다고 별다른 함정이 있는 것 같지도 않고……."

"그렇긴 하지만… 니콜이 없잖아."

억지로 유리관을 외면하고 있던 로미가 연구실의 가장 안쪽 벽을 가리키며 조용히 말했다.

"저쪽에서 어둠이 느껴져요."

로미의 말이 끝나기도 전에 세바스찬이 검을 휘두르며 벽으로 달려갔다.

로미가 소리쳤다.

"조심해요!"

조심하고 말고 할 시간이 없었다.

꽈꽝!

벽이 터져 나가면서 달려들던 세바스찬이 뒤로 튕겨 나왔다.

"크으윽!"

"괜찮아요?"

"괜찮아. 그런데… 저건?!"

터져 나간 벽 안에는 또 다른 석실이 자리 잡고 있었다.

석실 중앙에 투명하게 보일 만큼 하얀색 대리석을 정교하게 깎아 만든 관이 보였다.

수백 송이의 장미에 휩싸인 나신의 여성을 부조로 새긴 대리석 관은 너무나 아름다웠다.

로미가 말했다.

"어둠은 저 관 안에 똬리를 틀고 있어요."

몸을 일으킨 세바스찬이 다시 관으로 달려들었다.

"젠장!"

펑!

이번에도 세바스찬은 달려가던 속도 그대로 뒤로 튕겨 나왔다.

"크으으윽!"

더 이상 두고 볼 수 없었던 무혁은 검을 고쳐 잡고 쓰러진 세바스찬 앞으로 나섰다.

로미가 떨리는 목소리로 경고했다.

로미는 목소리뿐만 아니라 몸 전체를 사시나무 떨듯 떨고 있었다.

"카이탁 따위의 어둠이 아니에요. 보다 근원적인… 그래서 절대로 밝아질 수 없는 그런 종류의 어둠이에요."

"투르칸 신의 신관보다 더 어두운 존재? 투르칸 신 본인이라도 된다는 말인가?"

"모르겠어요. 정말로 모르겠어요."

로미가 이렇게 두려워하는 모습을 본 적이 없다.

또한 세바스찬이 이렇게 분노한 모습도 본 적이 없다.

"투르칸이든 카이탁이든 베어버리면 그만이야!"

세바스찬이 다시 한 번 석설을 향해 돌진했다.

꽝~!

그러나 이번에도 세바스찬의 공격은 시도조차 성공하지 못했다.

튕겨 나온 세바스찬이 유리관에 부딪쳤다.

쨍그렁!

쨍강~!

서너 개의 유리관이 깨지고 그 안을 채우고 있던 키메라와 무엇인지 모를 걸쭉한 액체가 세바스찬을 뒤덮었다.

"크으으윽! 젠장! 제에에에엔장!"

단칼에 키메라를 베어버린 세바스찬이 얼굴을 훔치며 일어났다.

그때였다.

쿠르르르릉!

대리석 관의 하얀 뚜껑이 열렸다.

그그그그.

열린 관 안에서 붉은 단발머리를 한 나신의 여성이 몸을 일으켰다.

"……?!"

"……?!"

"…세상에……."

일행은 한눈에 여성을 알아보았다.

"니콜!"

나신의 여성은 니콜이었다.

로미가 무혁의 말을 부정했다.

"저 '것' 은 니콜이 아니에요. 니콜의 껍질에 기생하는 어둠에 지나지 않아요."

"…그럼?!"

관을 빠져나온 니콜이 연구실로 걸어 나왔다.

그 자체로 공격이었다.

시선을 둘 곳이 마땅치 않았다.

하지만 고민은 오래가지 않았다.

세바스찬 덕분이었다.

조각상처럼 아름다운 얼굴을 악마처럼 일그러뜨린 세바스찬이 검을 중단에 세웠다.

부우우웅!

주변 공기가 달라졌다.

차갑고 축축하던 공기가 설명하기 힘든 열기를 띠며 들끓기 시작했다.

동시에 세바스찬의 탐스러운 금발이 사자의 갈기처럼 사방으로 뻗쳐 나갔다.

지옥의 악귀처럼도, 천상의 군신처럼도 보이는 이중적인 모습이었다.

"저게 세바스찬의 본모습인가?"

"저도 한 번도 본 적이 없어요. 하지만……."

로미는 말을 끝맺지 않았다.

'세바스찬…….'

여자의 직감은 그 어떤 장벽도 뚫어내는 마력을 가지고 있다.

로미는 세바스찬이 니콜에게 마음이 있다는 사실을 알고 있었다. 그리고 니콜이 진정한 동료가 아님을 안 후, 남몰래 고민하고 있다는 사실도 알고 있었다.

'세바스찬!'

세바스찬은 진심으로 분노하고 있었다.

무한정 낙천적인 성격인 세바스찬으로서는 태어나서 단 한 번도 경험해 보지 못했던 그런 감정이었다.

'젠장!'

로미의 생각은 맞았다.

세바스찬은 니콜을 본 그 순간부터 그녀를 사랑했다.

하지만 그 사랑은 이뤄질 수 없었다.

그에게 주어진 임무가, 니콜의 정체가 그 사랑을 용납하지 않았다.

후회가 폭포처럼 밀려왔다.

진작 니콜에게 자신이 그녀의 정체를 알고 있다는 사실을 알려야 했다.

그리고 그녀의 편이 되어주어야 했다.

"아아아아악!"

세바스찬의 눈동자가 붉게 물들었다.

눈동자뿐만이 아니었다.

백옥 같은 피부와 탐스럽던 밝은 금발까지 붉게 물들었다.

"끄아아악!"

흥미롭다는 듯 그런 세바스찬을 보고 있던 니콜이 입을 열었다.

"과연 도멜의 피로구나. 흥미롭다. 흥미로워."

세바스찬의 신형이 사라졌다.

그렇게 생각한 순간 세바스찬은 니콜 앞에 서 있었다.

"죽엇!"

그 어느 때보다 붉게 빛나는 오러가 간결한 원호를 그렸다.

스팡~!

그리고…….

쨍!

인간의 살과 강철검이 부딪쳤다고는 믿어지지 않는 금속성 소리가 연구실에 울려 퍼졌다.

"어쩜 성격도 이리 닮았을까?"

니콜이 손을 흔들었다.

쾅!

세바스찬의 몸이 보이지 않는 무언가에 얻어맞고 다시 벽에 처박혔다.

"끄으윽!"

억지로 몸을 일으킨 세바스찬이 입을 열었다.

"넌… 넌 누구냐."

니콜이 웃었다.

"나는 투르칸이자 칼리(Kali)의 속성을 실현하는 '고요'의 집행자."

로미가 비명을 질렀다.

"푸타나(Putana)!!"

니콜이 놀랍다는 표정을 지었다.

"네가 유리아 님의 종이로구나. 하지만 어찌 너 따위가 내 이름을 안단 말이냐."

로미는 굳은 표정으로 두 무릎을 살짝 구부려 예를 표했다.

"란 그란 폰 데카톤 님에게 푸타나 님의 이야기를 들은 적이 있습니다."

"데카톤이라……. 아마도 데카톤 제국의 씨앗이겠구나."

"푸타나 님처럼 유리아 여신님을 모시는 신녀이십니다."

"유리아 님의 신녀라……. 신녀에게 내 이야기를 들었다면 넌 평범한 신관 나부랭이는 아니겠구나."

"그렇습니다. 미천한 소녀는 여신님의 분에 넘치는 은총을 받아 신녀 후보로서 봉직하고 있습니다."

니콜, 아니, 푸타나가 로미를 위아래로 훑어보더니 다시 입을 열었다.

무혁은 푸타나의 눈빛이 뱀을 닮았다고 생각했다.

"호오~ 그랬군. 역시 그랬어. 유리아 님도 두고 보고만 있을 순 없었겠지. 하지만."

푸타나의 시선이 무혁에게 멈췄다.

무혁은 본능적으로 푸타나의 시선을 피하려 했다.

하지만 그럴 수 없었다.

푸타나의 시선은 차갑고 사악하게 무혁의 내면으로 침투하더니 심신을 옭아매기 시작했다.

'컥!'

숨이 막혔다.

주저앉고 싶었다.

온몸의 모든 구멍이 한꺼번에 열리는 기분이었다.

혈관에 납을 부은 듯 불쾌했다.

"끄억!"

왜인지 모르지만 눈물이 났다.

후회스러웠다.

진작에 투르칸 신에게 귀의하지 않았다는 사실이 너무 경멸스러웠다.

실수였다.

잘못한 것이다.

모두 자신의 책임이다.

죄에 대한 대가를 치러야 한다.

속죄해야 한다.

그 방법은 오직 하나뿐이다.

무혁은 혀를 내밀었다.

'간단해.'

이제 깨물면 된다.

아주 세게 말이다.

"안 돼요."

로미의 목소리가 들렸다.

'안 된다고? 왜? 깨물면 편해질 텐데……'

로미가 다시 소리쳤다.

"안 돼요! 멈추세요."

무혁에게 하는 말이 아니다.

로미가 부들부들 떨며 황금홀을 푸타나에게 겨누고 있었다.

아름다운 로미의 눈에서 흘러내리는 눈물이 보였다.

얼음물을 뒤집어쓴 것 같은 충격이 전신을 강타했다.

정신이 번쩍 들었다.

'젠장!'

로미의 눈물에 비하면 이깟 두려움 따위는 아무것도 아니다.

그러나 여전히 몸을 움직일 수 없었다.

로미는 애원하듯 말했다.

"멈춰요!"

푸타나가 로미에게 시선을 돌렸다.

몸을 옥죄이고 있던 억압이 한순간 약해졌다.

'난… 난……'

손가락이, 손이 그다음에는 몸이 움직였다.

'됐어.'

무혁은 롱소드를 치켜들었다.

그리고 푸타나를 향해 달려들었다.

"죽엇!"

하지만 그의 행동은 만용이었다.

쾅!

푸타나가 손을 흔들자 무혁 역시 세바스찬처럼 벽에 처박혔다.

"끄으윽!"

푸타나가 로미에게 말했다.

"저 지구인이 열매구나."

"무슨 말씀인지 모르겠습니다."

"너도, 도멜의 피도, 저 지구인도 아직 여물지 않은 열매일 뿐. 그래……. 그런 것이었어."

뜻 모를 이야기를 남긴 푸타나가 살짝 손을 흔들었다.

스으윽!

푸타나의 신형이 니콜의 모습에서 날카로운 인상을 가진 흑발 중년 여성으로 변했다.

아마도 그 중년 여성이 푸타나의 본모습인 것 같았다.

"살려주지. 열심히 발버둥 치도록 해. 그래서 너희와 내가 신 '들' 의 장난감에 지나지 않다는 사실을 깨닫고 좌절하도록. 지금 죽는 것보다 그편이 더한 고통이 될 거야."

"……"

"……."

"……."

푸타나는 그렇게 사라졌다.

그녀가 마지막으로 남긴 말은 '나도 신들이 무슨 생각을 하고 있는지 궁금해졌어' 였다.

제41장

각자의 의문

Sanctum

던전을 빠져나오는 시간 동안 일행 사이에 대화는 없었다.

아니, 할 수 없었다는 편이 옳은 표현이었다.

일행은 저마다의 의문에 대한 해답을 찾고 있었다.

무혁은 푸타나가 남긴 신들이 무슨 생각을 하고 있는지 궁금하다는 말의 의미를 찾고 있었다.

'신들이라……'

푸타나는 명확한 목적성을 가지고 신들이라는 복수형을 사용했다.

지금까지 지구에 자신의 권능을 행사하고 있는 생텀의 신은 유리아 여신과 투르칸 신이다.

복수이긴 하지만 신들이라고 칭하기에는 무언가 어색하다.

생각에 집중하던 무혁은 보다 근원적인 질문에 도달했다.

'그러고 보니… 이상하잖아. 어떻게 그럴 수 있지?

무혁은 기본적으로 무신론자다.

지구에는 신이 없다고 확신한다.

그러나 생텀의 신들은 지구에 권능을 행사한다.

지구의 성물 역시 생텀의 신들이 발현하는 권능의 원천으로 사용 가능하다.

때문에 성물들이 가지고 있는 신성력의 원천은 수없이 많은 신자가 모은 사념의 집합체 정도로 여기고 있다.

'신성력, 마나, 스칸다……'

무혁은 스칸다에게서 회수한 팔찌를 꺼냈다.

차가운 은빛 금속,

과학에 문외한인 무혁이 보아도 놀라울 정도로 정교한 장치다.

'최고의 과학기술이 투입된 물건임에 분명해. 무엇보다도 이 금속의 재질은……'

생텀 코퍼레이션에서 지급받은 반지와 팔찌의 재질과 상당히 비슷했다.

"세바스찬. 이 금속의 재질 알아보겠어? 내 생각에는 미스릴 같은데……."

팔찌를 살펴본 세바스찬이 팔찌에 마나를 주입해 보더니 말했다.

"미스릴 맞아. 하지만 불순물이 많이 섞여 있는 물건이야."

"불순물이라. 품질이 좋지 않다는 말인가?"

"그렇다기보다는 미스릴 비슷한 물건이란 의미야. 미스릴은 '순결한 처녀'라는 별칭으로 불릴 만큼 순수한 금속이거든."

"순결한 처녀라……."

마나를 담을 수 있는 금속은 미스릴이 유일하다.

생텀의 미스릴은 순수하다.

하지만 이 팔찌는 그렇지 못하다.

'그렇다면…….'

답은 하나다.

이 금속은 지구에서 만들어졌다.

지구에는 마나를 과학적으로 이용할 수 있는 능력을 가진 집단이 있다.

'스칸다.'

의문은 원점으로 돌아왔다.

스칸다의 목적은 무엇인가?

네크로맨서의 목적은 무엇인가?

나아가 신들의 목적은 무엇인가?

짐작도 가지 않았다.

눈을 감고 천 길 낭떠러지를 걸어가는 기분이 들었다.

'재수도 없지.'

그동안 탐독했던 판타지 소설의 주인공들은 능력을 가지면 돈을 벌고, 돈을 벌고, 또 돈을 벌어서 그 돈으로 다시 돈을 번다.

물론 시간이 나면 적을 무찌르기도 하지만 주된 목적은 역시 돈을 왕창 벌어서 잘 먹고 잘사는 거다.

그런 주인공들에 비하면 무혁의 팔자는 사나워도 너무 사납다.

'방법이 없잖아.'

어쩔 수 없다.

방법이 없는 이상 무혁은 그 길을 기꺼이 걸어가야 했다.

그 길 끝에 무엇이 남아 있을지는 운명에 맡긴 채 말이다.

*   *   *

세바스찬의 표정은 심각했다.

푸타나는 도멜의 피를 언급했다.

'도멜의 피.'

도멜 가문에 수백 년 동안 전설처럼 내려오는 이야기가 있다.

320년 전 도멜 가문에 알프레드라는 이름을 가진 아이가 태어났다.

알프레드는 태생부터 검의 천재였다.

14세의 나이에 소드 익스퍼트 초급이 되었고 불과 29살의 나이에 소드마스터가 되었다.

새로운 소드마스터의 등장 소식에 대륙 전체가 술렁거렸다.

그도 그럴 것이 소드마스터는 일인 군단을 넘어 일인 국가라고 불린다.

그런 소드마스터가 등장했다.

불과 29세라는 전무후무한 나이다.

대륙의 시선이 소드마스터를 배출한 도멜 백작가와 도멜 백작가가 충성을 맹세한 랭던 왕국에 쏠렸다.

이들의 움직임에 따라 대륙의 정세가 요동칠 것이 분명했다.

소드마스터의 평균 수명은 200세.

사람들은 도멜 가문과 랭던 왕국이 대륙 최강이 될 것을 믿어 의심치 않았다.

그러나 사람들의 예상은 빗나갔다.

도멜 백작가는 봉문을 선언하고 칩거에 들어갔다.

대륙 모든 국가의 스파이들이 도멜 백작령으로 몰려들었다.

항간에는 영지민보다 스파이의 숫자가 더 많다는 말이 있을 만큼 도멜 백작령은 폭풍의 핵으로 떠올랐다.

얼마 지나지 않아 알프레드 폰 도멜 백작이 소드마스터보다 더 높은 경지를 추구하다가 폐인이 되었다는 풍문이 떠돌았다.

어둠의 숲으로 수련을 떠났다가 실종되었다는 소문도 생겨났다.

드래곤과 사투를 벌이다가 죽었다는 이야기도 있었다.

1년 후 도멜 백작령은 공식적으로 알프레드 폰 도멜 백작의 사망을 선포했다.

사인은 병사.

소드마스터가 병사했다?

지나가던 오크가 웃을 발표다.

하지만 믿지 않을 수도 없는 사건이 벌어졌다.

알프레드 폰 백작의 2살짜리 아들이 아버지의 뒤를 이어 백작위를 이어받는다는 발표가 이어졌다.

곧이어 랭던 왕국 국왕의 추인이 이뤄졌고 작위수여식까지 벌어지자 사람들은 알프레드 폰 백작에 대한 관심을 끊어버렸다.

'하지만······.'

도멜 백작가에는 발표와는 다른 이야기가 전해진다.

'알프레드 백작은 병사하지 않았어.'

진실은 이렇다.

만월의 어느 밤.

알프레드 백작을 찾아온 여성이 있었다.

온통 하얀 베일을 뒤집어쓰고 있어 외모를 알아볼 수 없었지만 그녀의 근처를 지나쳤던 사람들의 증언을 종합하면 그녀의 몸에서는 설명하기 힘든 따스한 향기가 났다고 했다.

여성은 한 자루의 단검을 알프레드 백작에게 주고 떠나갔다.

다음 날 알프레드 백작은 종자 한 명만을 데리고 블랙 포레스트로 들어갔다.

그것이 알프레드 백작의 마지막 모습이었다.

한 달 뒤, 그를 수행했던 종자가 돌아왔다.

반쯤 혼이 빠져나간 종자는 드래곤을 봤다고 말했다.

미친 것이 분명했다.

드래곤은 위대한 존재이지만 전설의 주인공일 뿐 현실에서 목격한 사람은 없었다.

믿기지 않았지만 목격자는 종자뿐이었다.

종자는 알프레드 백작이 드래곤을 만났고 싸웠고 이겼다고 말했다.

알프레드 백작이 순백의 여성에게 받은 단검을 드래곤의 몸에 찔러 넣은 순간 한 여성이 나타났다.

여성은 아름다운 검은 머리카락, 검은 눈동자와 늘씬한 몸매, 냉혹해 보이는 인상의 소유자였다.

여성은 강했다.

강해도 너무 강했다.

그녀의 강함은 인간의 것이 아니었다.

하지만 아무리 강한 여성이라도 드래곤마저 이겨 버린 알프레드 백작을 어찌할 수는 없었다.

힘은 들었지만 결국 알프레드 백작은 여성을 제압하는 데 성공했다.

그때였다.

알프레드 백작이 여성의 정체를 파악하려는 순간 죽은 줄 알았던 드래곤이 어떤 주문을 외웠다.

주문이 끝나자 검은 공이 허공에 생겨났다.

종자는 그 공이 너무나 검어서 입체감이 전혀 없었다고 증언했다.

검은 공은 드래곤과 알프레드 백작과 여성을 덮친 후 지하로 파고 들어갔다.

남은 것은 깊이를 알 수 없는 무저갱뿐이었다.

도멜 백작가의 원로들은 드래곤과 여성의 이야기가 가져올 파장을 염려해 종자의 증언을 비밀에 붙이기로 결정했다.

알프레드 백작이 사라진 지금 도멜 백작가는 궁핍한 변경의 영지일 뿐이다. 드래곤이니 신비한 여성의 이야기를 듣고 몰려올 외부 세력을 막아낼 힘이 전혀 없었다.

'도멜의 피.'

알프레드 백작의 또 다른 이름은 '붉은 백작' 이다. 그의 오러가 특이하게도 짙은 선홍빛을 띠기에 붙여진 이름이다.

세바스찬은 푸타나의 말에서 강한 운명의 얽힘을 느꼈다.

로미가 블랙 포레스트인들의 세상에 간다는 이야기를 하며 경호를 부탁했을 때도 비슷한 감정을 느낀 적이 있다.

당시에는 잊고 지나쳤던 감정이지만 지금은 아니다.

'이유가 있어.'

세바스찬은 자신이 지구에 온 이유가 있다고 생각했다.

'그 이유를 찾을 거야.'

운명이라는 불확실한 형용사로는 세바스찬을 납득시킬 수 없었다.

*　　　*　　　*

로미는 푸타나가 누군지 정확히 알고 있는 유일한 사람이었다.

푸타나는 투르칸 신의 신녀다. 대륙 마탑의 공적 선언으로 블랙 포레스트까지 도망친 네크로맨서의 수장이기도 하며 300년도 훌쩍 전의 인물이다.

'불가능해.'

아무리 푸타나가 죽음의 신의 신녀라고 하지만 300년 넘은 장구한 세월을 살아남을 수는 없다.

'오리진.'

신들이 저마다 고유한 속성을 가지고 있다.

예를 들면 유리아 여신의 생, 백, 맑음 그리고 투르칸의 죽음, 흑, 탁함이 그것이다.

신들은 그 속성을 바탕으로 권능을 행사한다.

그런데 신들이 세상을 만들고 난 뒤, 예상치 못했던 문제가 대두되었다.

속성의 겹침 문제가 바로 그것이다.

아리스 신은 전쟁의 신이다.

당연히 속성에는 죽음이 포함되어 있다.

그런데 죽음은 투르칸 신의 대표 속성이다.

전쟁으로 죽은 전사에 대한 권리가 누구에게 있느냐라는 문제가 자연스럽게 대두된다.

또한 투르칸 신과 유리아 신의 속성은 정반대이지만 역시 부딪친다.

유리아 신의 속성을 따르면 인간은 영원히 살아야 하고 투르칸 신의 속성을 따르면 인간은 멸종해야 하기 때문이다.

이런 문제를 해결하기 위해 맺어진 조약이 바로 '오리진' 이다.

태초라는 뜻의 오리진은 수없이 많은 신 간의 권능 간섭에 대한 해결책을 담고 있는 규약집이다.

신들 사이의 문제는 당연히 신자들 사이의 문제이기도 하다.

때문에 고위 신관이 되기 위해서는 두께가 1m도 넘는 오리 진을 달달 외워야 한다.

어쨌든 오리진에 의하면 인간과 아인간종 생명체의 수명 은 200년을 넘지 못한다.

푸타나가 살아 있어서는 안 된다는 의미다.

하지만 푸타나는 살아 있다.

그녀가 살아 있을 수 있는 조건은 오직 한 가지뿐이다.

오리진의 효력이 발휘되지 않는 장소.

바로 지구다.

제42장

불청객

Sanctum

　던전 탐험은 그렇게 많은 의문점만 남기고 끝이 났다.

　굿마나라 동굴을 밖에서는 일단의 군인이 일행을 기다리고 있었다.

　일행을 발견한 군인들이 일제히 총을 겨눴다.

　"꼼짝 마라!"

　평범한 검은 전투복을 입고 있어 군인들의 소속을 파악하기는 힘들었다.

　"손을 머리에 올리고 무릎을 꿇어!"

　세바스찬이 발끈했다.

"저것들은 뭐야? 올리비아가 처리했다고 안 했어?"

"그러게?"

일행의 안전을 책임지고 있는 올리비아는 미국을 통해 라트비아 정부와 교섭을 진행했다.

교섭이라고는 하지만 약간의 양보와 협박을 적절하게 조합한 일방적인 통보다.

"당신들은 누구인가?"

무혁의 질문에 키가 2m도 넘어 보이는 건장한 체구의 중년 군인이 앞으로 나섰다.

"나는 오메가(Omega)부대의 부대장 로보비치 대령이다. 당신들은 허락 없이 국경을 침범했으며 무기를 소지했고, 라트비아의 중요 문화유적인 굿마나라 동굴을 훼손했다. 순순히 무기를 버리고 체포되는 편이 죄가 가벼워질 것이다."

오메가 부대는 라트비아의 특수부대다.

'그러니까 왜 너희가 출동했냐구.'

무혁은 로보비치 대령에게 말했다.

"사전 협의가 있었다고 알고 있습니다. 우리는 생팀 코퍼레이션 소속 연구원들입니다."

"당신들이 생팀 코퍼레이션이 아니라 미국 대통령의 가족이라고 해도 법을 어긴 것은 어긴 것이다."

"……."

로도비치 대령은 빡빡한 남자였다.

달리 방법이 없다.

무혁은 반지를 통해 세바스찬과 로미에게 말했다.

[무기를 내려놓고 저 사람 말에 따르도록 해.]

[큼, 마음에 들지 않아.]

[그래도 어쩔 수 없어. 아무 죄도 없는 군인들을 상대로 폭력을 행사할 수는 없잖아.]

[대충 기절시키고 도망치면 안 되나?]

[괜히 일을 크게 만들고 싶지 않아. 내 말대로 해.]

[알았어.]

무혁은 로보비치 대령의 말을 따르기로 했다.

"알았습니다. 당신 말에 따르도록 하죠. 대신 미국 대사관에 연락하게 해주십시오."

"부대에 돌아가면 우선적으로 조치하겠다."

의외로 말이 통하는 남자다.

'응?'

무혁은 로보비치 대령의 말에서 묘한 위화감을 느꼈다.

'부대라고? 가만… 애초에 우릴 체포하려면 군인, 그것도 특수부대가 아니라 경찰이 출동해야 하지 않나?'

무혁은 무기를 내려놓으며 블루투스 인터컴을 살짝 눌러 위성전화를 통해 올리비아를 호출했다.

"라트비아 특수부대가 우릴 체포하려고 합니다. 어떻게 된 겁니까?"

─안 그래도 연락하려고 했어요. 그들은 라트비아 군인이 아니에요.

"무슨 소립니까?"

─정체는 나도 몰라요. 어쨌든 라트비아 정부에서는 군인을 출동시키지 않았다고 확인해 주었어요.

"거짓말일 가능성은 없습니까?"

─거짓말이라면 무혁 씨가 어떻게 행동하든 상관없죠.

맞는 말이다.

저들을 해치워도 거짓말을 한 라트비아 정부가 항의할 가능성은 없다.

무혁은 세바스찬을 호출했다.

[실드로 로미를 보호해.]

[또 왜?]

[저들은 가짜야.]

[큼, 이놈이고 저놈이고… 스칸다인가?]

[잡아보면 알겠지. 로미 안 다치게 조심해.]

[네, 네. 시어머니.]

통신을 끊은 무혁은 내려두었던 롱소드를 집어 들며 말했다.

"너희는 누구냐?"

"누구라니? 우리는 라트비아의 특수부대인 오메가다."

"개소리."

로보비치 대령이 본색을 드러냈다.

"순순히 투항하면 아무도 다치지 않는다. 내 말에 따라라."

"그러니까 너희는 누구냐고?"

"말이 통하지 않는 놈이군. 저 동양인은 처리해도 좋다. 하지만 뒤에 두 명은 다치게 하지 마라."

명령을 받은 병사들이 총을 들었다.

하지만 이미 무혁은 그 자리에서 사라지고 없었다.

안 그래도 던전 탐험에서 받은 스트레스를 풀 무언가가 필요했다.

무혁은 군인들에게 스트레스를 마음껏 풀어버렸다.

군인들 사이에 나타난 무혁은 롱소드 검면으로 군인들을 구타하기 시작했다.

퍽!

"끄악!"

퍼퍽

"꽥!"

분노한 로도비치 대령이 권총을 휘두르며 소리쳤다.

"쏴라! 쏘라고!"

투다다.

투다다다당!

급박한 상황에서도 군인들은 무혁을 명중시켰다.

하지만 총알은 모두 실드에 맞고 튕겨 나갔다.

"괴물!"

"괴물이다."

무혁은 웃었다.

"맞아. 난 괴물이야. 그러니 모두 괴물에게 물려보라구."

퍽!

퍼퍽!

롱소드가 춤을 췄다.

그에 맞춰 군인들이 합창을 했다.

"꺼어억!"

"꺽!"

"악!"

"아악!"

이제 남은 이는 로보비치 대령뿐이다.

무혁은 로보비치 대령 앞에 섰다.

로보비치 대령이 무혁과 자신이 들고 있는 권총을 번갈아 바라보았다.

"뭣하면 쏴보든지……."

"크으윽!"

"이제 말해. 너 누구냐?"

"말 못 한다."

"고마워. 혹시나 네가 입을 열면 어쩌나 정말로 불안했거든. 널 때릴 이유가 사라지잖아. 이제 본격적으로 맞자."

"그… 그런… 컥!"

무혁의 주먹이 로보비치 대령의 복부에 명중했다.

퍽!

"끄어억!"

로보비치 대령이 노란 위액을 토해내며 땅에 뒹굴었다.

"겨우 한 대 가지고 엄살은……."

"크으윽!"

"아직도 말하고 싶은 생각 없지?"

"그게……."

로보비치 대령은 대답을 할 행운을 얻지 못했다.

퍽!

"컥!"

무혁의 주먹이 로보비치 대령의 입에 박혔다.

피가 섞인 이빨이 우수수 떨어졌다.

무혁은 손으로 입을 막고 뒹구는 로보비치 대령 앞에 앉았다.

"사실 난 네가 누군지 알고 있어."

"……."

"너 스칸다잖아. 안 그래? 네 동료들은 모두 저 안에서 죽었다구."

"난 스칸다가 아니다."

"다? 다? 말이 짧다. 그리고 다시 한 번 고맙다고 해둘게. 네가 스칸다라고 했으면 더 못 때리잖아. 아직 난 스트레스가 안 풀렸거든."

다시 몇 발의 주먹이 로보비치 대령의 몸에 꽂혔다.

"크으으윽! 난 스칸다가 아니… 닙니다."

"그래, 그렇게 쭉 하라구."

"진짜입니다. 스칸다라는 말 방금 처음 들었습니다."

"그럼 네 소속이 뭐야?"

"……."

로보비치 대령이 다시 입을 다물었다. 죽어도 말할 수 없다는 의지의 표현이다.

"하~ 똥고집하고는~!"

"……."

쉽지 않다.

로보비치 대령은 잘 훈련된 군인이다. 구타 정도의 고통에
입을 열 사람이 아니다.

'젠장, 정말 싫은데…….'

무혁은 세바스찬을 불렀다.

"이제 네 차례야. 이놈이 누군지 알아봐."

"알았어. 좀 망가져도 돼?"

"죽이지만 마."

"오케이. 내 전문이지."

세바스찬이 싱긋 웃으며 단검을 꺼내 들었다.

"자, 이제 놀아보자구."

"……."

로보비치 대령이 여전히 절대로 말할 수 없다는 의지를 보
이며 눈을 질끈 감았다.

그때 올리비아에게서 연락이 왔다.

─무혁 씨.

"네?"

─그만하세요. 그 사람의 정체를 알았어요.

"누굽니까?"

─유리 안드로비치. 러시아 정보국 소속 중령이에요.

"어떻게 그 사실을 알게 되었습니까?"

─러시아에서 연락을 해왔어요.

"러시아가 생텀 코퍼레이션의 비밀을 인지하고 있었다는 말이군요."

─그래요. 러시아가 비밀을 안 이상 그들을 죽이든 안 죽이든 상관없어졌어요.

"그래도 치료까지 해주고 싶진 않네요."

─마음대로 하세요.

무혁은 세바스찬을 말렸다.

"그만해."

"왜?"

무혁은 대답대신 로보비치 대령에게 말을 걸었다.

"유리 안드로비치 중령님. 이제 끝났습니다."

굳게 다물어져 있던 유리 안드로비치 중령의 입이 열렸다.

"어… 어떻게……."

"당신이 다치는 걸 원하지 않는 사람이 알려줬죠. 지금쯤 연락이 왔을 텐데요?"

무혁은 유리 안드로비치 대령의 귀에 꽂힌 인이어를 가리켰다.

"…그런……."

무혁의 말대로였다.

통신을 마친 유리 안드로비치 대령의 얼굴에 안도의 빛이

스쳐 갔다.

유리 안드로비치 대령이 물었다.

"당신들은 누굽니까?"

"저요? 당신과 같은 월급쟁이죠."

"그렇군요. 어리석은 질문이었습니다."

"구타한 일에 대해 사과는 하지 않겠습니다. 피차 자신의 입장에 충실했을 뿐이니까요."

"……."

버스 두 대가 다가왔고 군인들을 태우고 사라졌다.

러시아가 어떻게 생팀 코퍼레이션의 비밀을 알았는지는 모른다.

하지만 러시아가 알았다면 다른 국가들도 알고 있다고 생각하는 편이 맞다.

앞으로 힘들어진다는 이야기다.

그러나 무혁이 고민할 일은 아니다.

'올리비아가 알아서 하겠지. 난 월급쟁이라구. 그것도 박봉에 시달리는!'

박봉이란 단어가 살짝 풀렸던 스트레스를 다시 불러왔다.

"휴~ 이제 가자."

"그래."

"네."

그러나 이번에도 일행은 집에 갈 수 없었다.

짐을 챙기고 집에 갈 준비를 하려던 일행을 향해 한 여성이 다가왔기 때문이다.

제43장

교황청

Sanctum

　　장소에 어울리지 않게 검정 오피스룩과 검정 스타킹, 하이힐로 무장한 여성은 라틴계로 30대 초반 정도 나이에 매력적인 외모의 소유자였다.

　　자라 보고 놀란 가슴 솥뚜껑 보고 놀란다고 무혁은 얼른 검에 손을 가져갔다.

　　"저 여자의 존재. 눈치챘어?"

　　"아니… 전혀."

　　"강해?"

　　"일반인 이상의 마나는 느껴지지 않아."

"……."

당황스러웠다.

무혁은 40m 밖의 인간의 존재를 알아차릴 수 있다.

세바스찬의 능력은 더욱 가공스러워 무려 200m 밖의 인기척도 눈치챘다.

'왜 느낄 수 없지?'

일행 앞에 선 여성이 입을 열었다.

"문무혁 님?"

"그렇습니다만……."

"전 크리스티나 수녀라고 해요. 바티칸 교황청 산하 신앙교리성성(Congregatio pro Doctrina Fidei) 소속이죠."

"……."

신앙교리성성이라는 어려운 단어는 귀에 들어오지도 않았다.

'수녀라니…….'

수녀가 이런 멋진(?) 옷을 입어도 된단 말인가?

'지금 옷이 중요한 게 아니잖아.'

크리스티나 수녀가 말을 이어갔다.

무혁은 물었다.

"수녀님이 어떻게 여기에……."

크리스티나 수녀가 미소를 지었다.

수녀답지 않게 아찔하고 뇌쇄적인 미소였다.

"교황 성하의 부탁을 전하려고 왔습니다."

"교황……."

"여러분이 저희 카톨릭에게 있어 매우 소중한 물건을 보관하고 있다 들었습니다."

크리스티나 수녀가 말한 소중한 물건이란 아마도 모세의 유골과 삼손의 머리카락을 의미하는 것 같았다.

"그 사실을 어떻게 아셨습니까?"

"카톨릭의 신자는 12억 명 이상입니다. 모두 하느님의 충실한 양이지요."

"……."

크리스티나 수녀의 말처럼 종교단체 특히 카톨릭처럼 전 세계가 교황청을 중심으로 조직된 단체의 정보력은 가공할 만하다.

카톨릭을 믿는 사람은 어디든 있지 않는가.

하지만 준비된 대답은 한 가지다.

"전 월급쟁이 신세라 결정 권한이 없습니다."

"무혁님은 아니더라도 저 두 분의 영향력이면 가능할 것이라고 생각되는데요. 아닌가요?"

"……."

"저 두 분과 무혁 님의 활약이 아니었다면 아프리카와 가자지구에서 수없이 많은 사상자가 발생했을 거란 이야기를 들었어요. 아~ 참, 인사부터 해야겠네요."

말릴 틈도 없이 크리스티나 수녀가 로미와 세바스찬에게 다가갔다.

"반갑습니다, 다른 세상의 손님. 로미 신관님과 세바스찬 남작님이라고 부르면 되나요?"

로미는 당황하면서도 크리스티나의 인사를 받았다.

"만물의 생명을 관장하시는 유리아 님의 종, 로미예요."

"하나님의 종 크리스티나예요."

세바스찬이 무혁을 바라보았다.

이래도 되냐는 질문이다.

'방법이 없잖아. 상대는 교황청이라구.'

무혁이 고개를 끄덕이자 세바스찬도 인사를 건넸다.

"랭던 왕국, 도멜 백작령, 작센 영지의 영주, 세바스찬 폰 도멜 남작입니다."

"도멜 남작님이시군요. 지구 생활은 어떠신가요?"

"남작이라는 호칭은 빼주십시오. 지구에서는 별로 사용하지 않는다고 들었습니다. 그리고 지구 생활은 매우 흥미진진합니다."

"호호호호, 제 주변에는 작위를 가진 분이 많답니다. 그러니 도멜 남작님을 다른 이름으로 부르고 싶지 않네요. 물론 불편하시다면 어쩔 수 없지만요."

굳어 있던 세바스찬의 얼굴이 활짝 펴졌다.

만면에 웃음을 머금은 세바스찬이 말했다.

"그럴 리가요, 레이디 크리스티나."

"호호호, 레이디라니요. 전 시스터라는 호칭이 좋아요."

"시스터 크리스티나. 좋군요. 아름다운 이름입니다."

이대로 5분만 더 있으면 간도 빼줄 것 같다.

'꼴값을 떨어요.'

더 이상 두고 볼 수 없었던 무혁은 크리스티나 수녀와 세바스찬의 대화에 끼어들기로 했다.

"우리가 친해질 이유라도 있나요? 과한 인사라고 생각되는군요."

"호호호, 우리는 공통의 적을 가지고 있지 않나요? 충분히 친해질 필요가 있다고 생각되는데요."

"…교황청에서는 그들의 존재를 알고 있다는 말입니까?"

크리스티나 수녀가 예의 뇌쇄적인 미소를 지었다.

"궁금하시죠?"

"……"

"대답을 원하시면 대가가 있어야겠죠. '세상에 공짜가 어디 있냐'는 한국 속담도 있다고 알고 있는데요."

"한국어를… 하실 줄을 몰랐습니다."

크리스티나는 '세상에 공짜가 어디 있냐'를 정확한 한국어로 발음했다.

"전 태어나기도 한국에서 태어났고 고등학교까지 다녔어요. 교황 성하께서 날 당신에게 보낸 이유이기도 하지요."

자꾸 크리스티나 수녀에게 말리는 기분이 들었다.

하지만 따지고 보면 그 제안을 마다할 이유가 없다.

수천 년 묵은 유골과 머리카락을 가지고 있어봤자 부담만 될 뿐이고 교황청이 확보하고 있는 정보도 필요했다.

무엇보다 무혁이 궁금한 것은 왜 자신과 세바스찬이 크리스티나의 인기척을 인지하지 못했나 하는 점이다.

무혁은 결정을 내렸다.

"좋습니다."

"그럼 교황 성하를 만나러 가시죠. 가까운 공항에 비행기가 준비되어 있습니다."

무혁은 올리비아에게 크리스티나 수녀의 이야기를 통보했다.

이미 올리비아도 교황청으로부터 협조 요청을 받은 상태였다.

─최대한 빨리 유골과 머리카락을 교황청으로 보낼게요. 그리고… 두말할 필요 없겠지만 교황청이 가지고 있는 정보는 우리에게 매우 중요해요.

"알았습니다."

생각해 보면 기가 차는 일이다.

서울을 출발해 콩고민주공화국을 거쳐 가지지구를 찍고 시나이반도와 카이로를 경유해 라트비아에 도착했다.

그 과정에서 고블린과 오거와 오크를 만났고 삼손의 머리카락과 모세의 유골을 찾아냈으며 광기에 물든 이스라엘 인들을 막아냈다.

또한 던전도 클리어했고 푸타나에게 죽을 뻔했으며 러시아 특수부대와 조우했고 이제 교황이 보낸 특사를 만나고 있다.

보통 사람이라면 평생 한 번 겪어도 많다고 생각할 만한 일들이지만 이 모든 사건이 불과 보름 안쪽의 짧은 기간 동안 벌어졌다.

'1년 전만 하더라도 난 평범한 기자였다구.'

운명이라지만 참 힘든 운명이다.

'어쨌든 다른 방법이 없잖아. 내친걸음이라고.'

무혁은 크리스티나 수녀의 뒤를 따랐다.

세바스찬의 시선은 앞서 가는 크리스티나 수녀의 뒷모습에 꽂혀 있었다.

'그나저나 참 멋진 몸매를 가지고 있는 아가씨일세.'

그녀가 로미처럼 하느님이라는 지구의 신에게 바쳐진 수

녀라는 사실이 너무 아쉬운 세바스찬이다.

*　　　*　　　*

몇 년 전 베네딕토 16세의 뒤를 이어 새로 교황에 선출된 프란체스코 교황은 듣던 바와 같이 무척 격식 없이 소탈한 사람이었다.

인사를 마치자 차를 권한 프란체스코 교황이 먼저 이야기를 시작했다.

"먼저 감사드립니다. 당신에게는 아무 의미 없는 뼛조각과 머리카락에 지나지 않겠지만 우리에게는 우리의 신앙이 진실됨을 증명하는 징표입니다."

외람된 생각이지만 무혁은 종교와 신앙에 대해 토론을 나누고 싶은 생각이 없었다.

무혁은 단도직입적으로 물었다.

"교황청에서 알고 계신 정보를 알려주십시오."

무례하다면 무례한 반응이었지만 프란체스코 교황은 불쾌한 내색을 내비치지 않았다.

"우리가 콘클라베에서 교황으로 선출된 바로 그날 밤 베네딕토 16세 교황께서 은밀하게 만남을 요청하셨습니다. 그리고 놀라운 사실을 전해주셨죠."

교황은 자신을 우리라고 지칭했다.

유럽의 군왕들은 자신을 가리킬 때 복수로 칭했다.

이를 장엄복수형이라고 한다.

창세기에서 하느님이 인간을 만들 때 스스로를 우리라고 표현한다거나 히브리어에서 신을 지칭할 때 단수형인 엘이 아니라 복수형인 엘로힘으로 지칭했던 전통이 이어져 온 것이다.

"베네딕토 교황께서는 당면한 위기를 극복하기에는 자신의 힘이 부족하다고 말씀하셨습니다. 그 위기란⋯⋯."

프란체스코 교황은 세바스찬과 로미를 바라보며 말했다.

"저 두 분처럼 다른 세상에서 온 자들의 존재 때문입니다."

"우리는 그들을 네크로맨서라고 부릅니다."

잠시 망설이던 무혁은 사실을 이야기하기로 결정했다.

진실만이 상대방의 진실을 이끌어낼 수 있다고 믿어서다.

"그들은 10여 년 전 생팀 코퍼레이션과 계약을 맺고 지구에 온 이계인들입니다."

놀랍게도 프란체스코 교황은 이미 그 사실을 알고 있었다.

"알고 있습니다. 하지만 제가 선대 교황께 들은 이야기는 더 오래된 이야기입니다."

"⋯⋯."

"320년 전, 당시 교황이셨던 알렉산데르 7세(Alexander Ⅶ)께서는 한 여성의 예방을 받으셨습니다. 그 여성은 칠흑 같은 검은 머리카락에 검은 눈동자를 가진 미모의 중년 여성이라고 전해집니다. 그녀의 이름은……."

안다.

"푸타나."

"알고 계셨군요. 그렇다면 이야기가 빠르겠습니다. 레이디 푸타나는 알렉산데르 교황께 한 가지 제안을 했습니다."

그 제안은 자신의 신을 받아들이라는 것이었다.

물론 알렉산데르 교황은 그녀의 제안을 단칼에 거절했다.

뿐만 아니라 푸타나를 지하 감옥에 처넣었다.

모진 고문이 이어졌다.

생니를 뽑고, 손가락을 짓이기고, 살점을 도려내고, 눈에 납덩어리를 부었다. 여성으로서 견디기 힘든 고문도 연달아 이어졌다.

푸타나는 그런 고문을 받으면서도 단 한 번도 신음을 내뱉지 않았다.

오히려 웃었다.

"레이디 푸타나는 이렇게 말했다다군요. '고통은 투르칸 님의 영역. 고로 나의 친구' 라구요."

무혁은 로미에게 물었다.

"푸타나 정도의 신녀가 왜 그런 고문을 자처했을까?"

"세바스찬 오빠의 말이 맞는다면 드래곤의 마법에 의해 차원이동을 할 때 자신의 힘을 잃어버렸을 수도 있어요."

로마로 오는 동안 일행은 많은 대화를 나눴다.

그중에는 알프레드 백작에 대한 이야기도 포함되어 있었다.

세 사람은 알프레드 백작과 싸운 여성이 푸타나라는 의견의 일치를 본 상태였다.

"그래서 교황청의 힘을 빌리려 했다? 너무 멍청한 짓이잖아."

"푸타나의 말처럼 고통은 투르칸 님의 속성이에요. 당연히 푸타나는 고통에서 힘을 얻었을 테고, 그 힘을 원천 삼아 원망을 키워 나갔겠죠."

"힘을 얻기 위한 고육지책이었다는 말이군."

두 사람의 대화를 듣던 프란체스코 교황이 말했다.

"힘을 얻었다는 말은 동의하기 힘들군요. 알렉산데르 교황은 푸타나에게 화형의 형벌을 내렸습니다. 시스타나 성당 뒤편 은밀한 장소에서 화형식이 열렸고. 푸타나는 한 줌의 재로 사라졌습니다."

"아닙니다. 푸타나는 살아남아 오랜 시간 동안 잃어버린 육체를 재구성하고 있었습니다."

무혁은 굿마나라 동굴에서 있었던 일을 이야기해 주었다.

이야기를 듣고 난 프란체스코 교황이 성호를 그렸다.

"…오~ 신이시여. 이제야 베네딕토 16세 교황님이 왜 고민을 하셨는지 이해가 갑니다."

10년 전, 교황청은 큰 고민에 빠졌다.

바티칸 최고위 엑소시스트인 가르비엘레 아모르스 신부를 비롯한 엑소시즘 전문 신부 250명이 배교를 선언했기 때문이다.

교황청을 더 큰 충격으로 몰아간 것은 그들이 배교까지 하며 믿겠다는 신의 이름이었다.

그 신의 이름은 투르칸이었다.

교리의 수호를 담당하는 신앙교리성성은 투르칸에 대한 조사에 나섰다.

다년간의 조사 끝에 놀라운 사실이 밝혀졌다.

"푸타나가 자신의 신이 투르칸이라고 말했다는 기록이 발견되었습니다. 저희 교회는 배교한 신부들에 대한 감시에 나섰습니다. 신부들은 어둠의 주술을 사용하는 일단의 집단의 영향하에 있었습니다."

"네크로맨서."

"그렇습니다. 그들은 탁월한 생명공학제품을 개발, 그 기술을 기존 제약업체에 판매해 막대한 자금을 확보했습니다. 그리고 그 자금을 바티칸 은행을 통해 세탁한 다음 페이퍼 컴

퍼니를 통해 모종의 계획을 진행시키기 시작했습니다."

수십 명의 신앙교리성성 소속 신부와 수도사와 수녀가 순교한 끝에 한 가지 정보가 전해졌다.

"네크로맨서들은 어떤 이를 부활시키려 하고 있었습니다."

"푸타나."

어지럽게 흩어져 있던 퍼즐이 맞춰졌다.

"네크로맨서들의 계획은 성공했군요."

"아닙니다. 푸타나의 부활은 그들의 계획의 일부분일 뿐입니다. 네크로맨서들은 지구를 자신들의 낙원으로 만들려 하고 있습니다. 여러분이 막아낸 모든 사건은 그 계획을 성공시키기 위한 실험에 불과합니다."

어렴풋이 느끼고 있었다.

그러나 그 사실이 현실이 되자 무혁은 엄청난 충격을 받았다.

"우리는 네크로맨서들이 마나라고 불리는 미지의 에너지를 원천으로 사용한다는 사실을 알게 되었습니다. 모든 인간의 몸 안에는 미량이나마 마나가 존재하고 네크로맨서들은 그 마나를 이용해 인간을 다른 생명체로 변이시킨다는 사실도 말입니다."

무혁은 교황청이 고리타분하고 보수적일 것이란 선입견을

수정해야 했다.

최소한 신에 대한 문제에 있어 교황청은 엄청나게 유능한 조직이었다.

"저희도 그렇지만 네크로맨서들은 그 마나를 이용해 멀리 떨어져 있는 인간의 기척을 알아차릴 수 있습니다. 어떻게 그런 정보를 얻게 되셨습니까?"

"아까도 말씀드렸지만 많은 성직자가 순교했습니다. 그 과정에서 우리는 네크로맨서가 가진 한 가지 약점을 알아냈습니다. 특이하게도 네크로맨서들은 신앙심이 깊은 성직자들의 기척을 알아차리지 못했습니다. 여기 있는 크리스티나 수녀도 그런 성직자의 한 명입니다. 아~ 덧붙이자면 네크로맨서들이 만들어낸 괴물들도 역시 크리스티나 수녀를 알아보지 못했습니다."

프란체스코 교황의 말이 사실이라면 이는 놀라운 발견이자 대 네크로맨서 전쟁에서 엄청난 전력이 될 수 있다.

"그런 성직자가 몇 명이나 됩니까?"

"저희로서는 알 수 없습니다. 그저 네크로맨서들에게 다가갔다가 살아남은 이들이 있을 뿐입니다."

교황은 몰라도 무혁과 세바스찬은 알 수 있다.

두 사람 역시 크리스티나 수녀의 기척을 알아차리지 못했다.

그저 사람들을 모아놓고 기척이 없는 사람을 선별하기만
하면 된다.

"저희가 판별할 수 있습니다."

"그… 그런… 오, 신이여."

프란체스코 교황은 감격했다.

그리고 잠시 머뭇거리더니 무혁에게 물었다.

"우리는 어떻습니까?"

기척이 느껴지냐는 이야기다.

'젠장, 너무 잘 느껴진다구.'

하지만 사실을 이야기할 수는 없다.

교황과 그가 가진 권력은 대 네크로맨서 전쟁에 매우 중요
하다.

신실하지 않는 자가 교황이고 그런 교황이 신실한 자들의
우두머리라는 사실은 절대로 도움이 안 된다.

결국 무혁은 거짓말을 할 수밖에 없었다.

"전혀 느껴지지 않습니다."

"오~~ 이런 고마울 데가……."

감격한 표정으로 성호를 그린 프란체스코 교황은 네크로
맨서를 막기 위한 연합을 제안했다.

마다할 이유가 없다.

'이걸 위해 거짓말까지 했는걸…….'

무혁은 올리비아와의 협의를 거쳐 그 제안을 수락했다.

*　　　*　　　*

프란체스코 교황의 명령에 따라 바티칸과 바티칸에 가까운 유럽 지역의 성직자들이 교황청에 모여들었다.

무혁과 세바스찬은 2주에 걸쳐 5만 명의 성직자를 면접했다.

모두 1,000명의 젊은 남녀 성직자가 추려졌다.

예상보다 월등히 많은 숫자였다.

종교에 대한 불신감이 팽배해 있는 무혁은 진심으로 신에게 자신을 바친 성직자는 10,000에 하나, 1,000에 하나 정도일 것이라 생각했었다. 하지만 결과는 무혁의 예상을 뛰어넘었다.

그렇게 추려진 1,000명의 성직자는 미국으로 이동했다.

그들은 그곳에서 '천사의 군단(Legion of Angels:LOA)'으로 거듭나기 위해 강도 높은 군사훈련을 받을 예정이었다.

*　　　*　　　*

강력한 아군이 생겼다.

이 사실은 세바스찬을 크게 고무시킨 것 같았다.

"이슬람교에도 힌두교에도 개신교에도 전사로 쓸 만큼 신앙심이 강한 사람은 많을 거야. 엄청난 전력이지. 당장 한국으로 돌아가면 군인 중에서 신앙심이 깊은 사람들을 추려야겠어."

무혁은 세바스찬의 생각에 부정적이었다.

"내가 마나를 느끼고 난 후 기척을 느끼지 못한 인간은 없었어. 신앙심이 깊은 인간이 모두 깊은 산골에 틀어박혀 기도만 올리고 있다면 몰라도 찾기가 쉽지는 않을 거야."

"형이 잘못 봤겠지. 서울 하늘을 뒤덮고 있는 붉은 십자가의 물결 못 봤어? 그 교회의 목사들만 모아도 수만 명이라구."

"생텀의 신관들이 모두 로미 같지는 않을 것 아냐."

"하긴……. 흠… 그러고 보니 이상하네……."

"뭐가?"

"우린 로미의 기척을 알아차리잖아. 카이탁의 경우도 그렇고……."

"……."

로미와 카이탁의 신앙심을 의심할 이유는 없다.

신앙심이 기척을 느끼는 기준이 아닐 수도 있다는 의미다.

무언가 놓치고 있는 생각이 들었다.

'과연 그것이 무엇일까?

무혁은 한 가지 무서운 상상을 했다.

'설마… 교황청과 스칸다가 한통속이라든지…….'

무혁은 자신의 생각을 부정했다.

'말도 안 되는 소리. 스칸다는 과학, 교황청은 종교를 상징해. 이런 두 집단이 하나의 목적을 위해 뭉치는 일은 불가능해.'

하지만 여전히 찝찝함이 남았다.

무혁은 프란체스코 교황의 기척을 느낄 수 있었다.

그 사실은 신과 인간의 중간자라는 교황의 전통적인 위치를 고려할 때 매우 놀라운 일이었다.

무혁은 여전히 그 일이 마음에 걸렸다.

제44장

뒤처리

Sanctum

아프리카와 중동, 유럽에 걸친 소동의 대가는 결코 적지 않았다.

인터넷 음모 사이트를 중심으로 이스라엘 군을 단신으로 박살 내는 초인이 담긴 각종 동영상이 업로드되기 시작했고 그에 따른 갑론을박이 이어졌다.

조작된 동영상이라는 주장이 대세였지만 조작이라고 보기에는 쓸데없이 고퀄리티였고 그 정도 비용을 들여서 얻는 것이 없다는 주장도 만만치 않았다.

언제나 그랬듯이 동영상에 대한 이슈는 시간이 갈수록 잠잠해져 갔다.

그런데 생각지 못했던 문제가 발생했다.

업로드된 동영상들이 거의 같은 시간에 일괄 삭제되었다.

그리고 다시 업로드된 동영상들 또한 즉각 삭제되었고 심지어 업로드한 유저의 계정이 블록되기까지 했다.

네티즌들은 왜 이 동영상이 삭제되는지에 대해 의심을 가지기 시작했다. 그리고 특유의 잉여력을 발휘해 조사에 나섰다.

첫 번째로 가자지구에 대한 이스라엘의 침공이 있던 그날 밤 중동 지역에 광범위한 인터넷 장애가 있었다는 사실이 알려졌다.

두 번째로 동영상들이 중동 지역의 인터넷 장애가 복구된 바로 직후 바로 그 중동 지역을 중심으로 업로드되었다는 사실도 확인되었다.

네티즌들은 세계 최대의 동영상 사이트 대부분이 유태인이 설립한 미국 회사라는 사실에 주목했다.

―유태인들이 자신들의 만행을 숨기기 위해 동영상을 삭제하고 있다.

이 주장은 사실로 받아들여졌다.

이스라엘과 미국에 엄청난 비난이 쏟아졌다.

그러던 중 토렌트 사이트를 통해 문제의 동영상의 원본이 공유되기 시작했다.

네티즌들은 이스라엘과 미국을 비웃으며 인터넷은 통제될 수 없다고 환호했다.

사태가 이에 이르자 CNN을 비롯한 미국의 방송사들이 이 사건을 기사로 다루기 시작했다.

할리우드의 특수효과 전문가, CG전문가들이 스튜디오에 나와 열띤 토론을 벌였다.

토론의 결론은 네티즌들에게 무척 실망스러운 것이었다.

전문가들은 입을 모아 문제의 영상이 컴퓨터그래픽에 의한 것이라고 주장했다.

권위를 가진 인간이 역시 권위를 가진 매체를 통해 하는 주장은 곧 권력이나 다름없다.

동영상이 진실이라는 주장이 대다수였던 인터넷의 여론이 변하기 시작했고 얼마 가지 않아 5:5의 비율로 양측의 주장이 팽팽하게 맞섰다.

이런 대립의 구도는 불과 이틀 뒤 무너졌다.

할리우드를 대표하는 한 유명 감독이 SNS에 짧은 글을 남겼다.

─이번 영상은 차기작의 티저로 찍은 것입니다.

글을 남긴 이는 워낙에 블록버스터 SF영화로 명성을 떨치고 있는 감독이었다.

안 믿을 이유가 없었다.

논란은 그 즉시 사그라졌다.

일련의 과정을 지켜보고 있던 무혁은 진심으로 감탄했다.

"그 감독까지 동원하다니……."

미국은 정말 대단했다.

*   *   *

올리비아의 사무실에 냉기가 감돌았다.

무혁이 가져온 스칸다의 팔찌와 목걸이 등의 장비에 대한 소유권 문제 때문이다.

"너무나 당연한 이야기지만 이 물건에 대한 권리는 생텀 코퍼레이션에 있어요."

올리비아의 주장을 순순히 인정할 김성한 박사가 아니다.

"이 물건들의 용도를 파악하고 수집한 당사자는 문무혁 군입니다. 문무혁 군이 대한민국 공무원이라는 사실은 두 번 말할 필요는 없겠지요."

"공무원이라구요? 제가 알기로 문무혁 씨는 박봉에 시달리는 계약직 직원인데요? 대한민국 공무원의 유일한 믿을 구석인 연금도 해당 없는 계!약!직! 말이죠."

"박봉이란 말에는 동의하기 힘듭니다. 자신의 의지에 의한 계약이니까요. 그리고 계약기간 동안 습득한 유무형의 자산은 회사에 귀속되는 법입니다."

"직무상 발명 역시 개인에게 보상을 해주어야 한다는 판례가 있지 않나요?"

"그래서 우리 연구소는 무혁 군이 습득한 샘플에 대해 정당한 대가를 지불하고 있습니다."

"오거 시체가 원상태로 돌아가자 입 씻었다는 이야기를 들었습니다만."

"……"

김성한 박사가 무혁을 째려보았다.

당연히 무혁은 김성한 박사의 시선을 외면했다.

팽팽한 줄다리기 후 언제나 그랬듯이 스칸다의 장비는 생연과 생팀 코퍼레이션의 공동 연구로 결론이 났다.

물론 그 과정에서 무혁과 로미와 세바스찬이 거액의 금액을 보상으로 받게 된 것은 당연한 결과다.

*　　　*　　　*

그동안 실험실의 모르모트 수준이었던 바레가족은 오크의 탈을 벗어던지고 인간으로 돌아갔다.

그동안의 사정을 아니타에게 전해 들은 바레가족은 일행에게 진심으로 감사해했다.

"감사합니다."

"악령을 쫓아주셔서 정말 감사합니다."

"……."

무혁과 세바스찬은 20명이 넘는 바레가족을 죽였다.

인사를 받고 있기는 했지만 씁쓸한 마음을 감출 수 없었다.

어쨌든 또 한 가지 문제를 해결했다.

'완벽할 순 없잖아.'

세상 일은 그런 것이다.

로미도 같은 생각인지 표정이 어두웠다.

"신경 쓰지 마. 어쩔 수 없는 일이야."

"나도 알아요. 그런데… 이해할 수 없는 일이 있어서요."

"뭔데?"

"아니타가… 아직도 샤먼 오크에서 돌아오지 못했어요."

"응? 다른 부족원들은 인간으로 돌아왔잖아."

"그래서 이상하다는 거예요."

"무슨 착오가 있었겠지. 삼손의 머리카락은 아직 남았어.

다시 한 번 해보자."

"네, 오빠. 부정한 무언가가 있었을지도 모르니까요."

부정한 무언가의 정체는 무혁과 세바스찬이다.

의식이 열리는 방에서 쫓겨난 무혁과 세바스찬은 서로에게 책임을 전가하기 시작했다.

"부정이란 단어와 가장 잘 어울리는 단어가 있다면 세바스찬이라고 할 수 있지."

"문무혁이란 이름 자체가 부정이라는 소리 못 들어봤어?"

"큉!"

"큼!"

잠시 후 문이 열리고 로미가 나왔다.

"어떻게 됐어?"

로미가 고개를 저었다.

"실패예요. 이해할 수 없어요. 아마도 제 신앙심이 부족해서인가 봐요."

"로미의 신앙심이 부족하면 세바스찬은 당장 벼락 맞아 죽었겠지. 아마 피곤해서 그런 것 같으니 푹 쉬고 내일 한번 다시 해봐."

"네……."

그러나 다음 날도 아니타는 인간으로 돌아오지 못했다.

로미는 사색이 되어 절망했고 무혁과 세바스찬은 그런 로미를 달래기 바빴다.

이런 상황을 환영하는 인간도 있었다.

김성한 박사와 올리비아다.

두 사람은 당장에라도 메스를 들고 아니타를 해부할 기세였다.

물론 그런 일은 벌어지지 않았다.

김성한 박사와 올리비아는 이번에도 아니타에 대한 공동연구에 합의했다.

당연한 이야기지만 아니타의 동의를 받은 것은 물론이다.

아니타에 대한 첫 번째 실험은 선갑도 기지에서 벌어졌다.

무혁과 로미와 세바스찬이 함께한 실험에서 철창에 갇혀 울부짖고 있는 오크들은 어머니라도 만난 것처럼 아니타에게 머리를 조아렸다.

무혁은 실험 결과를 심각하게 받아들였다.

'혹시라도 서울 한복판에서 대량 오크 변이 사태가 벌어진다면?'

아니타 같은 샤먼오크 역할을 하는 인간이 더 존재한다면 오크들을 군대처럼 일사불란하게 지휘할 수 있을 것이다.

본능에 미쳐 날뛰는 오크와는 질적으로 다른 피해를 인간에게 강요할 수 있다는 의미다.

첫 번째 실험이 벌어진 자리에는 무혁에게도 낯익은 남자
가 함께했다.

남자는 몸이 불편한지 붕대를 온몸에 칭칭 휘감고 목발까
지 짚고 있었다.

남자가 그렇게 된 원인을 제공한 무혁은 미안한 마음에 그
에게 다가가 인사를 건넸다.

"유리 안드로비치 중령님, 일전에는 미안했습니다."

유리 안드로비치 중령은 멋쩍은 듯 머리를 긁으며 호탕한
웃음을 터뜨렸다.

"아닙니다. 자신의 일에 충실하다 보면 그럴 수도 있지요.
어쨌든 앞으로 볼 일이 많을 것 같으니 잘 부탁드립니다. 그
리고 유리라고 불러주십시오."

"아~ 네."

상황은 올리비아가 설명해 주었다.

"생텀 코퍼레이션에 러시아의 지분 참여가 결정되었어요.
그 일환으로 공석 중인 보안부대장에 유리 안드로비치 중령
님이 임명되었구요."

"군복을 벗었으니 중령이 아니라 유리 대장입니다. 하하하
하."

유리 대장은 호탕한 남자였다.

'그래도……'

쉽게 친해지긴 어려울 것이란 생각이 들었다.

어쨌든 유리 대장과의 첫 만남은 그리 좋은 기억을 남기지 못했다.

그리고 이제는 없는 말콤 대장에 대한 의리도 일정 부분 작용했다.

'그렇다고 척을 질 필요도 없겠지.'

무혁은 로미에게 부탁해 유리 대장의 몸을 치료해 주었다.

단숨에 목발을 던져 버린 유리 대장은 놀라움을 금치 못했다.

"보고로 들었고 영상을 보기도 했지만… 실제로 경험해 보니 정말 놀라울 따름입니다. 이런 일이 정말로 가능하군요. 이거 그냥 넘어갈 수는 없겠죠. 오늘의 만남을 기념해서 제가 한잔 사겠습니다. 하하하하."

"오늘은 조금 바빠서요. 다음에 기회가 있겠죠."

"약속이 있으시다니 어쩔 수 없군요. 서운하지만 다음 기회를 기대하겠습니다."

무혁은 정중히 유리 대장의 제안을 거절했다.

돌아오는 길에 세바스찬이 물었다.

"왜 유리 대장이 술 사겠다는 걸 거절했어? 러시아인들이

술을 잘 마신다고 들어서 기대했는데."

"자꾸 말콤 대장이 생각이 나서."

"형은 강한 것 같으면서도 가끔 너무 나약할 때가 있어. 산 사람은 산 사람이고 죽은 사람은 죽은 사람이다."

"그럴 수도……."

생텀의 세계관으로는 산 사람은 유리아 여신의 영역에 속하고 죽은 사람은 투르칸 신의 영역에 속한다.

문자 그대로 산 사람은 산 사람이고 죽은 사람은 죽은 사람인 것이다.

이해는 하지만 한국인의 기준으로 보면 정 없어 보이는 세바스찬의 반응이다.

제45장

일상으로의 회귀

Sanctum

무혁이 가장 신경 쓰고 있는 일은 누가 뭐래도 푸타나의 행방이다.

그러나 그 일을 위해 무혁이 할 수 있는 일은 없었다.

푸타나의 행방을 찾는 일은 이제 미국과 러시아의 몫이었다.

이제는 일상으로 돌아갈 때다.

무혁은 임시 휴업 중이었던 카페 유리아의 문을 열었다.

소식은 빠르게 퍼져 나갔고 오매불망 기다리던 손님들이 몰려와 성시를 이루었다.

몸은 고달팠지만 돈이 벌렸고 최소한 몬스터에게 죽을 위험도 없다.

'그것으로 충분해.'

무혁은 느긋한 일상을 만끽했다.

하지만 세바스찬은 그런 일상이 마음에 들지 않은 것 같았다.

"부족해."

"뭐가?"

"돈을 더 벌어야 해."

"그야, 돈은 많을수록 좋지만……."

당연히 무혁도 찬성이다.

생사를 넘나들며 생팀 코퍼레이션과 대한민국 정부의 비밀 임무를 수행했지만 정작 손에 쥔 돈은 얼마 되지 않는다.

올리비아가 말했듯이 퇴직금도 연금도 없는 계약직 공무원 신세이니 벌 수 있을 때 벌어두는 편이 현명하다.

'수지타산이 맞지 않는다구.'

그래도 찬성하기 전에 세바스찬이 왜 갑자기 그런 생각을 했는지 알아야 했다.

의외로 담담하게 세바스찬은 담담하게 이유를 설명했다.

"나와 로미가 언제까지 지구에 있을지 모르니까."

"……."

당연한 이야기지만 로미와 세바스찬은 지구인이 아니다.

언젠가는 생텀으로 돌아가야 한다.

알고 있었지만 의식적으로 무시하고 있었다.

무혁은 힘없이 말했다.

"푸타나의 일도 있고……. 그리고 아직 지구를 모두 경험하지도 못했잖아."

"알아. 물론 우리가 돌아가는 시점은 생텀에서 비롯된 문제가 해결된 후가 되겠지. 하지만 그래도 슬슬 준비를 시작해야 할 것 같아."

"준비라면……."

"일전에도 말했지만 난 작센 영지를 발전시키고 싶어. 그러기 위해서는 지금부터 차근차근 물자를 보내야 한다고 생각해."

"무기라면 올리비아가 허락하지 않을 거야."

"나도 그 정도는 알아. 내가 보내고 싶은 건 책들이야."

"책?"

평소 세바스찬답지 않은 현명한 선택이다.

작센 영지에 필요한 것은 물고기가 아니라 물고기를 잡는 법을 가르쳐 주는 책이다.

무혁은 올리비아에게 면담을 신청했고 세바스찬의 요청을

전했다.

올리비아는 로미와 세바스찬이 귀환을 준비 중이라는 말에 펄쩍 뛰었다.

"말도 안 돼요. 푸타나가 있고 카이탁도 살아 있어요. 그들이 저지르고 있는 만행을 막을 수 있는 사람은 로미와 세바스찬이 유일해요."

"그야 우리 사정이죠. 따지고 보면 원인 제공자는 셍텀 코퍼레이션 아니던가요?"

"…그야 그렇지만……. 사정은 누구보다 무혁 씨가 잘 알고 있잖아요."

"저도 알죠. 하지만 언제까지 로미와 세바스찬을 부려먹을 수는 없는 일 아닙니까?"

"그래서 돈을 지불하고 있잖아요."

"무슨 돈이요? 저 모르게 두 사람에게 주는 돈이 있었나요?"

"모르는 척하지 말아요. 세 사람이 구해 온 물건에 대해 셍텀 코퍼레이션과 한국 정부가 지불하는 돈 말이에요. 그 돈을 4등분하고 있다고 알고 있는데요?"

"그 돈은 제 돈을 나눠주는 겁니다. 동료로서 제가 보여줄 수 있는 의리죠. 셍텀 코퍼레이션에서 팽개쳐 버린 의리 말입니다. 설마 제가 로미와 세바스찬에게 받는 신뢰가 공짜로 이

뭐졌다고 생각하시는 건 아니겠죠?"

무혁의 말은 사실이 아니다.

처음부터 무혁과 로미와 세바스찬과 니콜은 균등하게 수익을 분배하기로 합의했었다.

그러나 그런 사실은 중요하지 않았다.

올리비아가 사실이라고 믿는 게 중요할 뿐이었다.

무혁의 억지는 통했다.

"그랬군요. 하지만 무혁 씨도 알다시피 우리 사정이 딱하잖아요."

"저도 알죠. 그래서 제가 두 사람 대신 찾아온 것 아닙니까."

이렇게 말을 하다 보니 스스로 사기꾼이 된 것 같은 기분이 들었다.

'이쪽으로 나가봐?

속으로 웃고 있는 무혁과 달리 올리비아는 심각했다.

"방법이 없을까요? 돈을 더 준다든지 하는 방법요."

"돈으로는 안 될 겁니다. 이런 말씀까지는 안 드리려고 했는데……."

"말해보세요."

무혁은 한발 더 나갔다.

"얼마 전 세바스찬이 그러더군요. 목숨을 걸고 생텀 코퍼레이션의 치부를 가리기 위해 싸웠는데 대접이 너무한 것 아니냐구요. 마치 종 부리듯 하는 거 아니냐는 이야기죠. 그러면서 귀족으로서의 자존심에 상처를 받았다고 말했습니다. 이 상황에 돈 이야기를 꺼내면 더 화를 낼지도 모르겠습니다."

"…하~~ 그렇겠군요. 그렇겠어요."

올리비아가 깊은 한숨을 내쉬었다.

충분히 기름칠이 됐다.

이제 본론으로 들어갈 시간이다.

"저 나름대로 방법을 생각을 해봤는데요."

머리가 아픈지 소파에 몸을 깊숙이 묻고 관자놀이를 누르고 있던 올리비아가 자세를 바로 했다.

"무슨 방법이요? 말씀하세요."

"간단합니다. 세바스찬에게 빚을 지우는 겁니다. 세바스찬은 명예에 죽고 사는 기사라고 자부하니 올리비아 씨에게 빚이 있으면 나 몰라라 떠난다고 하진 않을 겁니다. 세바스찬이 안 떠나면 로미도 당연히 남겠죠."

"좋은 생각이긴 한데 어떻게 빚을 지우자는 말이죠?"

"매주 생텀으로 보내지는 컨테이너 중 한 개를 세바스찬과 로미 몫으로 배정해 주십시오."

"미리 준비를 시켜주자 그런 말인가요?"

"사람의 욕심은 끝이 없는 법입니다. 한 컨테이너 분량을 보내고 나면 열 컨테이너를 원할 겁니다. 또 열 컨테이너를 보내면 백 컨테이너를 바랄 테구요."

"일리 있는 말이에요. 그렇게 하죠. 하지만 컨테이너에 들어갈 물건은 미리 알려주서야 해요. 무기를 생텀에 반입하는 건 엄격하게 금지되어 있거든요."

"어차피 한국에서 총기류나 화약류를 구할 방법도 없습니다. 하지만 검 정도는 상관없겠죠? 나중에 가져간다고 세바스찬이 도검류를 수집하고 있거든요."

"검이야 상관없겠죠. 그 정도는 승낙할게요."

"좋습니다. 그렇게 전하겠습니다."

협상은 끝났다.

결과는 무혁의 의도대로였다.

*　　　*　　　*

올리비아가 승낙을 했다는 이야기를 들은 세바스찬은 당장 컴퓨터 앞에 앉아 쇼핑몰의 구매 버튼을 클릭하기 시작했다.

날마다 수십 개씩 택배 박스가 배달되었다.

박스의 내용물 대부분은 서적이었지만 사실 절대적인 양

은 다른 물건이 더 많았다.

망치, 톱, 못, 철사, 볼트, 너트, 드릴 대패 등 각종 공구류도 있었고 각종 작물의 종자도 엄청난 양이었다.

이에 더해 세바스찬은 2~3천 원짜리 아동용 전자시계와 리필용 수은전지도 다량 구매했다.

"시간이 얼마나 중요한지 알았거든."

로미도 쇼핑 대열에 합류했다.

그녀가 선택한 것은 주로 의약품이었다.

페니실린과 아스피린을 비롯해 소독약과 해열제 등으로 이뤄진 쇼핑 목록에 집은 하루아침에 약국으로 변하고 말았다.

"도저히 안 되겠어."

집을 창고로 쓰는 걸 더 이상 방치할 수 없었던 무혁은 송도, 생팀 코리아 사옥 인근에 작은 창고를 임대했다.

그렇게 모인 물품들은 일주일에 한 번 컨테이너에 실려 선갑도로 운송되었다.

첫 컨테이너가 출발하던 날 돼지머리를 놓고 고사도 지냈다.

혹시 로미의 반발이 있을지 몰라 걱정되었지만 그런 걱정은 기우였다.

"생팀으로 따지면 재물의 신이신 쿠베라(Kubera) 님에게 공물을 바치는 셈이잖아요. 상관없어요."

로미는 놀랍게도 돼지머리에 절까지 하는 용기를 보여주
었다.

놀라 하며 한편으로 유리아 신의 분노를 걱정하는 무혁에
게 로미는 그렇지 않다고 말했다.

"용기가 아니라니까요. 쿠베라 님과 유리아 님은 동격이시
니 높고 낮음이 없어요. 그리고 유리아 님은 그렇게 속이 좁
으신 분이 아니에요."

자신이 질투하는 신이라고 말하는 어떤 신보다 1,000배쯤
멋지다.

다른 물품들은 큰 문제없이 구입할 수 있었지만 세바스찬
이 가장 중요하게 생각하는 검만은 그렇지 못했다.

일전 무혁이 사용하기 위해 알비온 소드사에서 수입한 바
스타드 소드를 구매 대행해 준 수입 업체 사장은 기가 막힌다
는 표정으로 물었다.

"롱소드 천 자루라구요? 전쟁이라도 벌일 생각이십니까?"

"……."

"수입 자체는 가능할지 몰라도 통관은 불가능할 겁니다."

현대 사회에서 불가능을 가능하게 하는 방법이 두 가지 있
다.

바로 권력과 돈이다.

돈은 검 수입 대금을 치르기에도 빠듯해서 문제지만 권력은 다르다.

무혁은 생연의 김성한 박사를 통해 청와대에 청탁을 넣었다.

확실히 권력은 달콤했다.

불과 한 시간 뒤 검은 양복을 입은 중년 남자 3명이 수입업체로 찾아왔다.

한참 동안 그들과 대화를 나눈 사장의 표정이 밝아졌다.

"진작 이야기를 하시지. 할리우드에서 블록버스터급 판타지 영화를 한국에서 찍는다면서요? 정부에서 관심을 둘 정도면 정말 대단하겠습니다. 걱정 마십시오. 비밀은 지키겠습니다."

"……"

천 자루의 롱소드만으로는 세바스찬을 만족시키지 못했다.

"더 많은 돈을 벌어야 해. UFC라도 나가야겠어."

"말이 되는 소릴 해라. 하지만 돈을 더 벌어야 한다는 말에는 동의해."

답은 의외로 가까운 곳에 있었다.

고민하는 무혁과 세바스찬에게 로미는 더 많은 넥타르를

만들 수 있다고 말했다.

로미가 하루에 만드는 넥타르의 양은 약 50리터 정도였다.

이 양은 카페 유리아에 필요한 양에도 훨씬 못 미쳤다.

더 많은 양을 만들 수 없느냐는 무혁의 물음에 언제나 불가능하다고 했었기에 로미의 말은 놀라웠다.

"어떻게 그런 일이 가능하지? 지금까지는 안 된다고 했었잖아."

"유리아 님께서 제가 돈이 필요한 걸 아셨나 보죠. 많은 넥타르를 만들 수 있다는 신탁을 내려주셨어요."

"도움은 되겠지만 50리터가 100리터가 된다고 해서 큰돈을 벌 수는 없어."

"그 정도가 아니에요. 훨씬 더 많은 양을 원액으로 만들 수 있어요."

로미는 거의 1,000배 농축의 넥타르 원액을 100리터 이상 만들 수 있다고 했다.

"원액이라면 물만 타면 넥타르가 된다는 의미야?"

"맞아요."

지금까지 수없이 많은 음료 회사에서 돈을 싸 들고 카페 유리아를 찾아왔다.

그들의 제안을 받아들일 수 없었던 유일한 이유는 생산량이었다.

때문에 로미의 말이 사실이라면 엄청난 돈을 벌 수 있다.

한편으로 걱정이 됐다.

돈을 위해 무리하는 것이라면 안 하는 편이 좋다 여겨서다.

걱정을 들은 로미가 웃었다.

"유리아 님의 행사를 집행하는 제가 아플 리가 없잖아요. 전 괜찮아요."

"그렇다면야……."

유리아 신이 그랬다지 않는가.

이제 돈을 쓸어 담으면 된다.

'그것도 엄청난 돈을!'

하지만 문제가 있었다.

넥타르를 대량 판매하려면 매장의 숫자를 늘리거나 캔을 사용한 음료수화가 필수다.

두 가지 방법 다 거금이 든다.

일행은 그럴 만한 돈이 없었다.

*　　　*　　　*

결국 무혁은 합작을 선택하고 대규모 음료업체에 연락을 했다.

연락을 받은 업체들이 달려왔고 협의가 시작되었다.

업체들은 원액을 공급받고 판매는 알아서 하라는 무혁의 조건에 회의적인 반응을 보였다.

"과거 코카콜라는, 업체에 원액만 공급하고 업체들이 그 원액에 물을 타 완성품을 만들어 판매한 적이 있지 않습니까?"

"넥타르는 코카콜라가 아닙니다."

실망스럽지만 업체들의 말이 맞다.

업체들은 한 걸음 더 나아가 넥타르의 레시피를 요구했다.

품질 관리를 위해서는 그편이 효율적이란 이야기다.

"생산량 조절 문제도 있습니다. 재고는 항상 말썽이니까요."

아무리 일리가 있는 주장이라 해도 로미가 날마다 공장에서 신성력을 발휘할 수 없는 이상 이 조건을 받아들일 수는 없다.

결국 협상은 결렬되었다.

돌파구는 의외의 곳에서 발견되었다.

업체 직원들이 돌아간 후 무혁은 샘플로 놓인 음료수 용기들을 바라보고 있었다.

"응?"

이상한 점이 눈에 띄었다.

"판매자와 생산자가 다르잖아?"

판매자는 분명 대기업 음료회사이지만 생산자는 이름 모를 중소기업이었다.

무혁은 그중에 용인에 위치한 한 중소기업에 전화를 걸었다.

"혹시 저희가 원하는 음료를 만들어주실 수 있습니까?"

─내용물을 직접 만드신다는 말씀입니까?

"그건 아닙니다. 원액이 있고 적당한 비율로 희석해서 병 입이나 캔 입만 하면 됩니다."

─그야 문제없죠. 그렇게 생산하시는 업체가 많이 있습니다. 저희는 OEM 전문 업체거든요. 다만 주문 수량에 따라 가격이 차이가 납니다.

"당연하겠죠. 알겠습니다. 지금 바로 찾아뵙겠습니다."

그렇게 생산은 쉽게 해결되었다.

이제 판매 루트만 고민하면 된다.

무혁은 통신 판매를 선택했다.

우선 세바스찬의 택배 보관소로 쓰이는 창고를 주소로 회사를 설립했다.

회사 이름은 당연히 유리아다.

카페 유리아의 이름으로 홈페이지도 개설했다.

상당한 액수의 돈을 주고 만든 홈페이지는 카페 유리아에서 일하고 있는 세바스찬과 로미의 사진들로 도배했다.

당연히 넥타르 판매 페이지도 만들었다.

팔자에 없는 모델이 된 세바스찬이 가만있을 리 없다.

"넥타르를 팔겠다며 왜 사진만 찍는데?"

"두고 봐."

직접적인 광고는 당분간 보류하기로 했다.

이는 넥타르가 가진 마력에 대한 자신감의 발로다.

물론 금전적인 문제가 가장 큰 이유라는 사실을 부인할 순 없었다.

넥타르 캔의 디자인도 결정했다.

전체적으로 하얀색 캔에 전면에는 유리아 신의 상징인 금으로 상감된 느티나무가 들어갔고 뒤편에는 도멜 가문의 문장인 포효하는 붉은 눈의 늑대 조각상이 그려졌다.

모든 준비가 끝났다.

무혁은 카페 유리아의 전면에 홈페이지 개설과 넥타르 캔 판매를 알렸다.

첫째 날 카페 유리아에서만 2,000원이라는 높은 가격이 설정된 넥타르 캔이 400개 팔렸다.

다만 한 박스 24개로만 판매하고 할인된 가격으로 개당 1,700원이 붙은 홈페이지에서 주문된 숫자는 0개였다.

둘째 날 카페 유리아에서의 판매 수량은 600개로 늘어났다.

그리고 홈페이지에서 드디어 한 박스가 팔렸다.

"너무 적어."

"두고 보래두."

무혁의 장담은 현실로 나타났다.

—카페 유리아가 넥타르를 캔으로 출시했대.

—좀 비싸긴 하지만 수입 생수도 그 정도는 하잖아?

—그깟 수입 생수에 비할 게 아니지. 이유는 모르지만 난 넥타르만 마시면 다음 날 컨디션이 너무 좋아져. 피부도 좋아지는 것 같구.

—나도 같은 경험이 있어. 지긋지긋한 변비도 사라졌다니까.

—다 필요 없고 무엇보다 홈페이지가 대박! 세바스찬의 사진이 듬뿍이야.

—로미 여신 좌표 공유합니다. http://…….

—감사합니다.

—복 받으실 겁니다.

—모두 나가주세요. 로미는 제 마누랍니다.

—무슨 소립니까. 제 마누랍니다.

SNS를 중심으로 카페 유리아와 넥타르의 캔 출시 소식이 급속도로 퍼져 나갔다.

사람들은 관심을 가졌고 홈페이지에 접속했다.

광고 한 번 없이 주문이 늘어났다.

세 번째 날, 홈페이지에서는 8박스를 팔았다.

네 번째 날에는 40박스를, 다섯 번째 날에는 50박스의 주문이 있었다.

이날의 매출은 2,040,000원. 많다면 많은 돈이지만 순이익을 고려하면 흡족한 액수는 아니다.

"지명도 때문이야."

카페 유리아가 나름의 명성을 가지고 있었지만 그 명성은 어디까지나 동네 골목대장 수준에 불과하다.

"사람은 자신이 경험하지 못한 SNS의 정보를 불신하는 경향이 있어. 모두 블로거지들 때문이야."

쿨하게 SNS의 위력을 과신한 자신의 자만을 '블로거지'라고 불리는 몇몇 블로거에게 돌려 버린 무혁은 진지하게 광고를 고려했다.

광고란 말에 세바스찬이 흥분했다.

"내가 웃통을 벗고 나가 캔을 들고 캬~ 하는 거야."

"어디서 봤냐?"

"텔레비전. 음료수나 맥주 광고는 다 캬~ 하던데?"

"너보다 로미가 나가서 맛있어요, 하고 웃는 게 더 효과가 좋을 거라고는 생각 안 해?"

"안 해."

"……."

다행이 세바스찬이 광고에 출연할 일은 없었다.

넥타르의 앞날에 서광이 비친 것은 한 편의점 체인의 구매 담당자의 방문이었다.

"와이프가 강력히 추천해서 마셔봤습니다. 넥타르는 음료수의 혁명입니다, 혁명. 커피, 차, 탄산음료, 전통 음료, 생수 시장을 모조리 차지할 수 있습니다. 무조건 저희 회사 산하 편의점에서 독점 판매하게 해주십시오."

날마다 창고에 틀어박혀 다음 날 발송할 택배 물량을 포장하는 노동에 신물이 났던 무혁은 그 제안을 기쁘게 받아들였다.

무혁은 악수를 청했다.

"기다리고 있었습니다."

결과는 대성공이었다.

넥타르는 출시 한 달 만에 편의점 음료 판매 순위 1위를 달성했다.

길을 걸어가는 사람들의 손에 넥타르 캔이 들려 있는 모습을 발견하는 일도 그리 어렵지 않게 되었다.

사람들은 아침이면 커피 대신 넥타르를 찾기 시작했다.

이제 넥타르는 신드롬이었다.

돈에 눈이 먼(?) 무혁은 캔에 이어 갖가지 용량의 PET병 용기로도 넥타르를 출시했다.

원하던 대로 돈이 벌리기 시작했고 그 돈은 주체할 수 없을 만큼 쌓여갔다.

넥타르가 폭발적으로 팔려 나가자 덩달아 로미도 바빠졌다.

로미는 새벽마다 일어나 인천 창고 옆에 새로 마련한 장소에서 넥타르 원액을 만들었다.

그 양은 엄청난 판매고를 보이고 있는 넥타르를 제조하고도 남을 만큼 충분했다.

"너무 많지 않아? 필요한 양의 거의 두 배야."

"언제 우리가 임무를 수행하러 떠날지 모르니까요."

유비무환의 저축 정신까지 발휘하는 로미다.

무혁은 매일 아침, 필요한 양의 넥타르 원액을 공장으로 실어 보냈고 남은 원액은 창고를 임대해 차곡차곡 보관했다.

좋은 일은 계속 이어졌다.

넥타르 편의점 판매가 시작되고 두 달 뒤, 구매담당자가 다시 찾아왔다.

처음 찾아왔을 때는 대리였던 담당자는 불과 두 달 만에 부장으로 승진해 있었다.

"해외에서 판매 제의가 쏟아지고 있습니다. 우선 일본을 시작으로 수출을 고려해 보심이 어떻습니까?"

"수출하면 좋겠지만 따로 판매망이 있는 것도 아니고……."

"그래서 말씀드리는 겁니다. 유리아가 직접 판매하는 방식이 아니라 저희 편의점 체인에서 일본의 편의점 체인과 계약해 판매하는 형식이면 재고 부담이나 판매에 대한 스트레스도 없을 겁니다."

그저 공장에서 출고되는 넥타르의 양만 체크하면 그만이란 이야기다.

'이익은 줄겠지만 신경을 쓰지 않아도 된다는 점이 마음에 들어.'

넥타르의 이익은 80퍼센트에 달한다.

원료가 물과 꿀뿐이니 당연한 결과다.

'원액도 충분해.'

돈이 더 벌리는 일이니 마다할 일이 아니다.

그러가 해외 판매 계획은 성사되지 못했다.

무혁의 이야기를 들은 로미가 반대했기 때문이다.

"유리아 님께서 넥타르에 내리신 축복은 대한민국의 영토한정이에요."

"대한민국 밖으로 나가면 평범한 꿀물이 된다는 말이야?"

"네. 그러니 판매할 수 없어요."

"참 쪼잔한 여신님이시네. 쓰신 김에 더 쓰시지."

"여신님에 대한 불경이에요."

"말이 그렇다는 말이지. 여신님은 관대하시잖아."

"지금도 충분한 돈을 벌고 있잖아요. 너무 큰 욕심은 금물이에요."

"아쉽지만 어쩔 수 없지. 알았어."

유리아 여신이 왜 그런 제약을 내렸는지 궁금하지만 굳이 물어보고 싶은 생각은 없었다.

'신의 생각을 인간이 이해할 리 없잖아.'

한편으로 이런 생각도 들었다.

'유리아 여신은 날 사랑한다구. 그래서 한국도 사랑하는 거지.'

무혁다운 지극히 주관적인 결론이다.

하지만 불과 한 달 뒤, 무혁은 왜 유리아 여신이 넥타르의 효능이 미치는 영역을 한국에 국한했는지 최악의 방법으로 알게 되고 말았다.

제46장

멸망의 전조

Sanctum

히로 경부는 지끈거리는 머리를 달래기 위해 관자놀이를 힘껏 눌렀다.

"또야?"

"그렇습니다."

토다 순사가 경부실과 사무실을 나누는 유리벽 밖을 가리켰다.

젊은 아가씨가 불안한 눈빛으로 사무실 안을 바라보고 있었다.

평범한 얼굴이지만 유난히 창백한 얼굴이 인상적인 여성

이었다.

히로 경부는 책상에 놓인 서류를 읽어 나갔다.

"26세. 시라미 쿠미. 주소는 동경도 세타가야구 우메가오카. 아버지는 궁내청 서기관. 어머니는 학습원대학에서 영어를 가리키고. 본인은 동경대학교 문학부 졸업."

"완전히 죽이는 집안 아닙니까? 태어날 때부터 금수저를 물고 태어난 거죠."

"그게 중요한 게 아니잖아. 저 여자는 일주일 전 교통사고로 사망했어. 의사의 사망확인서 못 봤어?"

"봤지만 저렇게 살아 있는 걸요."

"미치겠네."

시라미 쿠미는 예술품 수집가로 유명한 부동산 개발회사 사장 집에 무단으로 침입했다가 신고를 받고 출동한 경찰에 의해 현행범으로 체포되었다.

처음에는 단순한 절도 사건으로만 여겼다.

하지만 시라미 쿠미의 인적사항을 조회하는 과정에서 기묘한 사실이 발견되었다.

시라이 쿠미는 일주일 전 집 근처에서 교통사고를 당했고 즉사했다.

즉, 즉사한 시라이 쿠미가 멀쩡하게 살아 도둑질을 한 것이다.

서류 처리 잘못으로 다른 사람을 착각해 시라미 쿠미도 모르게 사망신고가 됐을 거라는 합리적인 의심도 무참히 무너졌다.

　확인을 위해 통화한 사망확인서 발급 의사의 반응은 격렬했다.

　의사는 시라이 쿠미는 복합골절과 내장파열로 사망했다고 확인해 주었고 그녀의 부모가 딸의 시신을 확인하고 시체를 인수해 갔다고 주장했다.

　그리고 그 증거로 사망 당시의 사진과 시체 인수서의 사본을 보내주었다.

　히로 경부는 시라이 쿠미의 얼굴이 선명한 사진을 흔들었다.

　"여기 이 여자 봐. 시라이 쿠미 맞잖아."

　"그러게나 말입니다."

　토다 순사가 무책임하게 어깨를 으쓱하며 히로 경부의 말에 동의했다.

　"자네는 참 좋겠어."

　"뭐가 말입니까?"

　"아무 생각 없이 살아서 말야."

　"그편이 좋습니다. 제정신을 가지고 살 만한 세상이 아니잖습니까?"

어쩌면 토다 순사가 현명할지도 모른다.

그 증거로 골치가 아픈 사람은 히로 경부뿐이다.

어쨌든 법적으로 죽은 사람을 가둘 수는 없다.

그렇다고 절도 현행범을 놓아줄 수도 없다.

히로 경부는 다시 지끈거리는 관자놀이를 힘껏 눌렀다.

하지만 지금 히로 경부의 두통은 앞으로 닥쳐올 사건이 가져다줄 두통에 비하면 시작에 불과했다.

결과적으로 시라이 쿠미의 사망신고는 무효로 처리되었다.

당사자가 멀쩡하게 살아 있으니 절차를 문제 삼는 편이 처리가 쉬웠다.

담당의사는 자신의 커리어에 금이 간다는 이유로 극렬 저항했지만 어쨌든 당사자가 살아 있지 않냐는 지적에 입을 다물었다.

사망에 대한 법절차가 원상 복구되었으니 시라이 쿠미는 구치소로 옮겨져 정식 재판에 회부되어야 했다.

그런데 예상치 못했던 일이 벌어졌다.

피해 당사자라고 할 수 있는 부동산 회사 사장이 경시청으로 찾아와 시라이 쿠미가 자신의 초대를 받아 방문한 손님이라고 주장했다.

"말이 됩니까? 손님이라니요."

"몇 번이나 반복해서 말해야 해? 쿠미 양은 내 손님이었고 그 사실을 모르던 가정부가 오해해서 신고를 했다 하지 않나."

어림없는 소리다. 경찰기록에는 중년 남자의 목소리가 선명하게 녹음되어 있다.

히로 경부는 그 점을 지적했다.

"당신이 직접 신고했다는 기록이 남아 있습니다. 들려 드릴까요?"

증거가 있음에도 사장은 막무가내였다.

"…어쨌든 상관없어. 당장 풀어줘."

"……."

죽었던 사람이 살아난 사건이다.

안 그래도 의심스러운 점이 많다.

형사 특유의 감이 발동한 히로 경부는 즉각 사장의 요청을 거부했다.

"안 됩니다. 형사 피의자는 고소 여부와 상관없이 조사를 받아야 합니다."

"거~ 참. 답답한 양반일세. 기다리게."

사장은 어디론가 전화를 건 후 히로 경부를 바꿔주었다.

전화 속 남자가 말했다.

"궁내청 장관, 하케다 신고요."

"……."

히로 경부는 잠시 말을 잇지 못했다.

왜 이 시점에서 궁내청이 등장한다는 말인가.

'아, 시라이 쿠미의 아버지가 궁내청의 시종직이었지. 젠장.'

궁내청은 황실에 관련된 사무와 행정을 총괄하는 부서이고 시종직은 궁내청에서도 천황을 직접 보좌하는 자리다.

즉 하케다 신고 궁내청 장관은 시라이 쿠미의 아버지의 직속 상관인 것이다.

"히로 마쓰다 경부입니다."

"전후 사정은 들었습니다. 나름의 고충은 있겠지만 피해자가 없는 사건이니 선처를 해주시면 안 되겠습니까?"

"……."

지극히 정중한 말투였지만 히로 마쓰다 경부에게는 경시청장의 명령보다 더 위압적으로 받아들여졌다.

천황을 대변하는 궁내청장관의 정중한 부탁을 '노'라고 말할 수 있는 일본인은 없다.

물론 히로 경부도 그런 일본인 중 한 명이다.

시라이 쿠미는 즉각 석방되었다.

신변인수자는 부모였다.

히로 경부는 부모 뒤를 따라가는 시라이 쿠미를 바라보고 있었다.

아무리 봐도 너무 창백했다.

과장하자면 시체라고 해도 무리가 없을 지경이었다.

생각해 보니 시라이 쿠미의 목소리를 들은 기억이 없었다.

"토다, 너 쿠미 양의 목소리 들은 적 있어?"

"없네요. 체포되고도 말이 없어서 가방의 신분증으로 조회를 했었거든요."

"흠……."

죽었었다.

그리고 살아났다.

시라이 쿠미를 태운 자동차가 경시청을 빠져나가고 있었다.

"그 때문인가?"

"뭐가 말입니까?"

"…아니야……."

히로 경부는 입을 다물었다.

생각을 입 밖으로 꺼냈다가는 한 시간도 되기 전에 저 입 싼 토다 순사를 통해 온 경시청에 자신의 말이 퍼질 것이다.

히로 경부는 놀림감이 되고 싶지 않았다.

* * *

시라이 다이스케는 뒤를 돌아보았다.

부인 나나미가 딸 쿠미의 머리를 쓰다듬어 주고 있었다.

나나미의 손가락 사이로 쿠미의 머리카락이 숭숭 빠져나왔다.

등골이 오싹해졌다.

'처음부터 잘못된 일이었어.'

나나미가 희미하게 웃으며 말했다.

"걱정하지 마. 괜찮을 거야."

이젠 되돌릴 수 없다.

다이스케는 절망했다.

일주일 전, 천황의 일과를 보좌하고 있던 다이스케는 사랑하는 외동딸 쿠미가 자동차에 치여 사망했다는 청천벽력 같은 소식을 들었다.

달려간 병원에서 쿠미의 시신을 확인했다.

20년 넘게 곱게 길러온 사랑스러운 딸 쿠미의 모습은 차마 눈 뜨고 보기 힘들 만큼 처참했다.

"쿠미야……."

비탄에 빠진 다이스케와 달리 나나미의 표정은 평온했다.

나나미는 옅은 미소까지 띠며 같은 말만 되풀이했다.

"괜찮아요."

"……."

"괜찮아요."

"……."

다이스케는 나나미의 눈동자 속에 기이한 열기를 찾았다.

딸의 주검을 확인한 어머니의 눈이 가질 수 있는 감정이 아니었다.

"살릴 수 있어요. 걱정 마세요."

더 이상은 참을 수 없었다.

다이스케는 소리쳤다.

"무슨 헛소리야!"

"칼리 님은 삶과 죽음의 결정자세요. 걱정 마세요. 괜찮아요. 문제없을 거예요."

"이… 이런……!"

나나미는 얼마 전부터 '칼리시아'라는 이름을 가진 한 종교에 심취해 있었다.

처음 들어보는 이름에 사이비 종교가 아닐까 처음에는 걱정도 되었지만 그런 생각은 금방 사라졌다.

살짝 우울증을 앓고 있던 나나미는 칼리시아에 입교하고

나서 활기차졌고 밝아졌고 명랑해졌다.

다른 사이비 종교처럼 돈을 밝히는 것도 아니고 많은 시간을 투자해야 하는 것도 아니었다.

그러나 실수였다.

"죽은 사람이 어떻게 돌아와! 그런 소리 하지 말라고."

"많은 신자의 가족이 돌아왔어요. 제 눈으로 똑똑히 봤다구요."

"말이 되는 소릴 해야지. 잔소리 말고 장례 준비나 해."

"믿어주세요. 사실이에요."

나나미는 눈물로 호소했다.

"그럼 칼리시아 식으로 장례를 치르게 해주세요. 그쯤은 들어줄 수 있잖아요."

그것까지 마다할 수는 없었다.

다이스케는 나나미의 부탁을 들어주었다.

바로 그 결정이 악몽의 시작이었다.

피와 불쾌함으로 점철된 장례식에서 쿠미는 죽음에서 돌아왔다.

그러나 죽음에서 돌아왔다고 해서 살아 있다는 것은 아니었다.

쿠미는 살아 있으면서 죽은 사람이었다.

다이스케가 모는 승용차가 후지산 인근 한 골프장에 멈춰
섰다.

이 골프장은 버블 경제 시기에 우후죽순 격으로 건설된 골
프장 중 하나였고 십수 년간 버려졌다가 최근 칼리시아 의해
인수된 장소였다.

골프장 가장 안쪽에는 기업 세미나용 강당이 존재했다.

강당 앞에 차를 세운 다이스케는 쿠미를 데리고 강당으로
들어갔다.

'정말 싫어.'

하지만 거부할 수 없었다.

강당 안에는 악이 존재했다.

이미 다이스케는 그 악이 가진 매력을 거부할 수 없었다.

강당 안에는 수백 명의 사람이 양손을 들고 알아듣지 못할
소리로 허밍을 하고 있었다.

"우으으~ 으으으웅~!"

"그우그아~ 아아아아앙!"

"키래라라리~ 나라리니라~!"

사람들은 어떤 열망을 가지고 전면을 바라보고 있었다.

그들의 전면에는 또 수백 명의 사람이 미동도 하지 않은 채
앉아 있었다.

이들의 얼굴은 쿠미처럼 창백했다.

다이스케와 나나미의 뒤를 따르던 쿠미가 말도 없이 이들 속으로 사라졌다.

다이스케와 나나미는 강단 전면으로 걸어갔다.

강당 전면에는 살짝 높은 제단이 설치되어 있었다.

제단 위에는 검은색 나신의 여신상의 모습이 보였다.

높이가 10m 정도인 여신상의 모습은 기괴하기 이를 데 없었다.

우선 평온한 표정의 얼굴에 묻은 검은 얼룩이 보였다.

입은 살짝 벌렸고 벌린 입술 사이로 혀를 내밀었다.

이마에는 눈이 하나 더 있었고 귀와 목에는 뼈로 만든 귀걸이와 목걸이를 걸었다.

허리에는 사람의 해골을 엮어 만든 허리띠를 찼다.

팔은 4개였다.

그 각각 팔은 칼과 방패와 잘린 머리와 올가미를 움켜쥐었다.

제단 앞에 서 있던 검은 로브의 남자가 시라이 가족을 맞았다.

나나미가 무릎을 꿇더니 검은 로브의 남자에게 말했다.

"딸이 신성한 성사를 이루지 못했습니다. 죄를 청합니다."

남자가 다이스케를 바라보았다.

무언가에 홀린 것처럼 다이스케도 무릎을 꿇었다.

"죄를 청합니다."

남자가 입을 열었다.

칼로 유리를 긁는 듯한 불쾌한 목소리가 남자의 입에서 흘러나왔다.

"죄를 청할 일이 아니다. 너희는 칼리이자 투르칸인 신의 행사에 참여하는 영광을 가졌다. 그것으로 됐다. 성공과 실패는 칼리 님의 영역이다. 너희가 실패한 것도 역시 칼리 님의 영역이다. 그러니 실패가 아니다."

"......."

"......."

이상한 일이지만 다이스케와 나나미의 얼굴에 실망감이 감돌았다.

나나미가 고개를 숙이며 말했다.

"아닙니다. 아닙니다. 저희는 실패를 했습니다. 죄에 대한 벌을 받아야 합니다. 카이탁이시여."

다이스케도 머리를 조아렸다.

"벌을 주십시오."

카이탁이 말했다.

"아직은 너희가 해야 할 일이 있다. 하나 너희의 신심을 기특하게 여겨 나나미에게는 벌을 내리겠다."

"감… 감사합니다."

쿵!

쿵!

나나미가 머리를 바닥에 찧었다.

이마가 금세 피로 물들었다.

다이스케는 실망감을 감추지 못했다.

나나미 따위가 신의 벌을 받아서는 안 된다.

벌은 자신의 몫이었다.

분노를 참지 못한 다이스케는 손을 들어 나나미의 얼굴을 후려갈겼다.

빽!

"까아악!"

나나미의 코가 내려앉았다.

무너져 내린 코에서 피가 흘러내렸다.

다이스케가 유난히 사랑하던 오뚝한 코다.

'아무 상관 없어.'

다이스케는 다시 주먹을 휘둘렀다.

퍽!

그리고 또 휘둘렀다.

퍽!

다이스케가 평생 사랑하던 나나미의 얼굴이 알아볼 수 없을 만큼 부풀어 올랐다.

그래도 괜찮았다.

다이스케는 분이 풀릴 때까지 주먹을 휘둘렀다.

카이탁은 미소를 지었다.

'이 얼마나 나약한 생명체인가.'

카이탁은 뒤에서 대기하고 있던 네크로맨서들에게 손짓을 했다.

네크로맨서들은 앞으로 걸어 나와 반쯤 정신을 잃은 나나미를 제단 위로 올렸다.

"아~"

다이스케가 깊은 한숨을 내쉬었다.

카이탁은 말했다.

"이번 신탁만 이루면 너 또한 벌을 내려줄 것이다."

"감… 감사합니다, 카이탁 님."

칼리의 신상 앞에는 검은 탁자가 설치되어 있었다.

탁자의 한쪽은 살짝 튀어나왔다. 그리고 그 튀어나온 부분의 중앙에 반원형 홈이 있었다.

그리고 홈 밑에는 사기 단지가 놓여 있었다.

네크로맨서들은 나나미를 탁자 앞에 무릎 꿇린 후 그녀의 목을 반원형 홈에 일치시켰다.

또 한 명의 네크로맨서가 도끼를 들고 나타났다.

그 도끼는 나나미의 목을 몸과 분리시키는 용도로 사용될 물건이었다.

"아~ 아~……."

두려움 때문인지 아니면 희열 때문인지 나나미의 숨이 가빠졌다.

네크로맨서는 눈 한 번 깜짝하지 않고 도끼를 휘둘렀다.

나나미의 목에서 흘러나온 피를 담은 단지를 소중하게 들고 칼리 신상으로 다가간 네크로맨서들은 그 피를 신상에 끼얹었다.

칼리 신상의 검은색은 붉은 피가 말라붙어 검게 보이는 것이었다.

그그그그그.

피를 머금은 신상이 움직이기 시작했다.

그 모습을 본 신자들의 허밍이 더욱 커졌다.

"카아아아아아알리리리리리리."

"카아아아~ 리리리리리리."

"투우우우우우르르르르르르르카카카카카카카안안안안."

광기가 강당의 공기를 뜨겁게 달궜다.

그그그그.

신상의 이마에 달린 세 번째 눈에서 검은, 그러나 눈 부실 정도로 밝다는 이질적인 특성을 모두 갖춘 빛이 쏘아져 나왔다.

빛은 제단 위에 굴러다니고 있던 나나미의 머리에 머물렀다 사라졌다.

번쩍!

놀랍게도 나나마의 머리가 둥실 떠올랐다.

그리고 그대로 몸통에 자석처럼 달라붙었다.

스스스스.

나나미가 일어났다.

그녀의 얼굴은 죽은 시체처럼 창백했다.

"아~ 아~"

다이스케는 질투에 사로잡혔다.

'저 자리는 나의 자리였어.'

카이탁은 질투에 몸부림치고 있는 다이스케를 바라보며 미소를 지었다.

'나약한 자여. 나약한 자여.'

다이스케는 아직 투르칸 신의 은총을 받을 자격이 없다.

카이탁은 다이스케를 불렀다.

"네가 해주어야 할 일이 있다."

"무엇이든 하겠습니다."

다이스케는 진심으로 무엇이든 할 각오가 되어 있었다.

*　　*　　*

시즈미는 쇼윈도를 바라보았다.

꽃무늬 원피스를 입고 검은 단화를 신은 긴 생머리의 귀여운 여고생의 모습이 보였다.

'꿈일까?'

지금도 3일 전 하교하는 자신에게 다가오던 마모루의 모습을 잊을 수 없다.

마모루는 사시나무 떨듯 떨며 사귀어달라고 말했다.

그 순간 시즈미는 하마터면 하늘로 뛰어오를 뻔했다.

학교 야구부의 주장이고 학생회장이며 잘생겼고 키도 큰 마모루는 학교 여학생들의 아이돌이었다.

사즈미는 다시 한 번 옷매무새를 고쳤다.

첫 데이트를 나가는 딸을 위해 어제 어머니가 사주신 옷이다.

'5분 남았어. 혹시 내가 먼저 나와 있어서 싸게 보이지 않을까?'

마모루는 그런 남자가 아니라고 스스로를 다독이며 사즈미는 버스 정류장을 바라보았다.

시내버스가 멈췄다.

언제나 그렇듯이 청바지에 하얀 티셔츠를 입은 마모루가 버스에서 내리는 모습이 보였다.

시즈미를 발견한 마모루가 활짝 웃으며 손을 흔들었다.

'완벽해.'

소녀 만화에나 나올 법한 완벽한 순간이다.

시즈미도 미소 지으며 마주 손을 흔들었다.

마모루와 시즈미 사이의 대로변에 검은색 관광버스 한 대가 멈춰 섰다.

버스 문이 열리고 사람들이 내리기 시작했다.

사람들은 모두 유니폼처럼 판초 우의 타입의 비옷을 걸치고 있었다.

맑은 날씨라 비옷을 입은 사람들의 모습이 우스꽝스럽게 보였다.

'이벤트라도 하는 사람들인가?'

시즈미는 비옷을 입은 사람들보다 마모루가 중요했다.

사람들 때문에 마모루의 모습이 보이지 않았다.

시즈미는 까치발을 들고 마모루를 찾았다.

유난히 키가 큰 마모루를 찾는 건 어렵지 않았다.

마모루도 아직도 손을 흔들고 있었다.

그 순간 도무지 믿기 어려운 일이 벌어졌다.

검은 버스에서 내린 승객 중 한 사람이 품에서 은색 막대기 하나를 꺼냈다.

은색 막대기가 햇볕에 반사되어 반짝였다.

순간 시즈미는 그 막대기가 참 아름답다는 생각을 했다.

하지만 승객이 당연하다는 듯 마모루에게 은색 막대기를 휘두른 순간, 시즈미는 자신의 생각이 틀렸다는 사실을 알 수 있었다.

서걱!

웃고 있던 마모루의 얼굴에 고통의 빛이 채워졌다.

마모루의 목이 몸에서 분리되었고 붉은 피가 분출되어 시즈미의 시야를 가득 채웠다.

시즈미는 비명을 질렀다.

"꺅!"

검은 로브의 사람들이 지나가는 사람들을 공격하기 시작했다.

그들 손에는 하나같이 도끼며 검들이 들려 있었다.

삽시간에 인도가 피로 물들었다.

"까아아악!"

도망쳐야 했지만 다리에 힘이 들어가지 않았다.

시즈미는 털썩 주저앉고 말았다.

검은 로브 중 한 사람이 시즈미를 발견했다.

"아~"

시즈미는 기다시피 뒤로 엉금엉금 물러났다.

검은 로브가 시즈미에게 다가왔다.

시즈미는 비로소 검은 로브 속의 얼굴을 확인할 수 있었다.

"……"

얼굴이 가부키 배우의 얼굴처럼 하얗고 창백했다.

검은 로브가 손을 치켜들었다.

그 손에는 피로 붉게 물든 도끼가 들려 있었다.

"살려… 주… 세… 요."

간절한 시즈미의 바람은 이뤄지지 않았다.

*　　　*　　　*

동경 신주쿠를 중심으로 300여 명의 검은 로브를 입은 괴한이 무차별적으로 흉기를 휘둘렀다.

신고를 받은 도쿄 경시청은 기동타격대를 포함한 천여 명의 경찰을 긴급하게 출동시켰다.

출동한 경찰이 목격한 것은 수천 명의 시신으로 뒤덮인 대로 위에서 다음 제물을 찾아 헤매고 있는 괴한들의 모습이었다.

히로 경부는 신주쿠 서쪽 외각에 바리케이드를 치고 사색이 되어 도망쳐 나온 시민들로부터 사정 청취를 진행하고 있었다.

시민들은 입을 모아 말했다.

"무작정 칼을 휘둘렀어요."

"아무 말도 하지 않았어요."

"버스에서 내리는 모습을 봤어요."

"하나같이 검은 판초 우의를 둘러쓰고 있었어요."

"얼굴이 창백했어요."

"맞아요. 시체 같았어요."

"아무 말 없이 칼을 휘둘렀어요."

시민들의 주된 의견은 괴한들이 시체같이 창백한 얼굴을 가졌으며 무표정한 얼굴로 흉기를 휘둘렀다는 데 모여졌다.

'시체처럼 창백한 얼굴?'

히로 경부는 자연스럽게 유난히 창백하며 무표정하고 말이 없었던 쿠미의 얼굴이 떠올랐다.

'설마……'

이유를 설명하기 힘들었지만 등골이 서늘해졌다.

가장 먼저 현장에 진입한 경시청 기동타격대는 검은 판초 우의를 뒤집어쓴 무리와 마주했다.

기동타격대 대장은 확성기를 사용해 경고를 보냈다.

"무기를 버려라. 무기를 버려라."

대답은 돌아오지 않았다.

오히려 판초 우의들은 검과 도끼를 치켜들고 기동타격대를 향해 다가오기 시작했다.

대장은 결단을 내려야 했다.

"진압!"

기동타격대원들이 플라스틱 방패와 진압봉을 들고 도열했다.

"전진!"

쿵!

쿵!

대장의 명령에 따라 기동타격대원들은 군화로 박자를 맞추며 앞으로 전진을 시작했다.

기동타격대원들의 무력시위에도 괴한들은 멈추지 않았다.

이윽고 양 진영이 충돌했다.

기동타격대원들은 대열을 지어 방패로 괴한들을 밀어냈다.

꽝!

"으샤."

쫭!

"으샤~!"

대장은 이 대치가 기동타격대원들의 승리로 끝날 것이라 믿어 의심치 않았다.

바로 이런 사태를 진압하기 위해 다년간 훈련해 온 대원들이다.

하지만 대장의 바람은 무참히 깨지고 말았다.

두어 번의 충돌로 기동타격대원들의 대열이 무너져 내렸다.

"어어어~"

"무슨 힘이⋯⋯."

괴한들은 하나같이 스모 선수 같은 괴력의 소유자였다.

쓰러진 기동타격대원 위로 검과 도끼가 날아들었다.

"커어억!"

"크어억!"

"크억!"

"컥!"

부하들이 죽어가는 모습을 목격한 대장은 이를 악물었다.

이제 선택할 수 있는 방법은 한 가지뿐이었다.

"사격! 사격!"

대기하고 있던 기동타격대원들의 총이 불을 뿜었다.

타타탕!

탕!

타탕!

대장은 눈을 질끈 감았다.

어쩔 수 없었다고는 해도 시민에 대한 대량 학살에 대한 문책을 피할 수는 없었다.

그렇다고 부하들이 죽어가는 모습을 지켜보고만 있을 수도 없는 일이다.

'지켜봐야 해. 그리고 책임져야 해.'

대장은 힘겹게 눈을 떴다.

"저… 저……."

총알을 맞은 괴한들이 아직도 움직이고 있었다.

부하들 역시 죽어가고 있었다.

대장은 목청 놓아 소리쳤다.

"쏴! 쏘라고!"

투다다다당!

투다다당!

신주쿠는 점점 더 지옥으로 변해가고 있었다.

*　　*　　*

신주쿠 대학살이라고 명명된 사건의 결과는 일본을 비통에 빠뜨렸다.

1,200명의 무고한 시민이 괴한들의 칼부림에 사망했다.

이런 만행을 저지른 괴한의 숫자는 모두 300명이었다.

이 300명을 진압하는 과정에서 순직한 경찰관의 숫자도 60명에 달했다.

모두 1,560명이라는 어마어마한 숫자의 인명이 희생된 것이다.

일본 정부는 괴한들의 정체를 밝히기 위해 필사의 노력을 기울였다.

히로 경부는 괴한들의 신원을 파악하고 그들 간의 연관성을 파악하는 임무를 부여받았다.

괴한의 신원을 파악하는 작업은 쉬운 일이 아니었다.

일일이 시체의 사진을 찍고, DNA와 지문을 채취한 다음 데이터베이스와 대조를 해야 했다.

한국과 같이 전 국민 지문등록제도가 없는 일본에서 이 작업은 지루하면서도 결과를 장담할 수 없는 확률 놀이에 불과했다.

그러나 운이 따랐다.

괴한들의 사진을 살펴보던 히로 경부는 사진들 속에서 낯이 익은 얼굴을 발견했다.

히로 경부는 사진을 토다 순경에게 내밀며 물었다.

"이 여자… 알아보겠어?"

"어디서 보긴 봤는데… 누구더라. 아! 쿠미 양이네요. 일전 죽었다 살아났던…….."

"그래, 맞아. 이상하지 않아?"

"뭐가요?"

"죽었던 여자가 살아 있었고 그 여자가 백주대낮에 신주쿠에서 칼을 휘두를 확률이 얼마나 되겠어."

"미쳤으니까 그렇겠죠."

"그런 미친 사람이 300명이야. 목격자들의 말에 의하면 괴한들 모두가 시체처럼 창백했다고 했어. 구린 냄새가 난다구."

"듣고 보니 그러네요."

"최근 1년간 사망신고된 사람과 괴한들을 대조해 봐."

"알겠습니다."

생각대로였다.

괴한들은 한 명만 빼고 모두 이미 사망한 것으로 신고가 끝난 주부, 학생, 회사원, 선생님 등 평범한 시민이었다.

사망신고되지 않았던 유일한 한 명의 정체도 밝혀졌다.

"시라이 나나미, 시라이 쿠미의 어머니이자 시라이 다이스케의 부인."

딸과 부인이 동시에 일본 역사상 가장 극악한 테러를 저질렀다.

동시에 두 사람은 모두 시체처럼 창백했다.

시라이 다이스케를 만나봐야 했다.

그러나 히로 경부는 고민했다.

시라이 다이스케는 시종직으로 천황의 측근이다.

무작정 소환을 했다가는 일전의 경우처럼 궁내청 장관의 개입을 불러일으킬 수 있다.

히로 경부는 시라이 다이스케를 미행하기로 결정했다.

다이스케는 손에 묻은 피를 시트에 닦았다.

사람을 죽였지만 죄책감은 느껴지지 않았다.

오히려 뇌리 깊숙한 곳에서 쾌감이 스물스물 밀려 나왔다.

다이스케는 그 쾌감을 음미했다.

오르가즘이 밀려왔다.

나나미에게서는 절대로 느껴보지 못했던 그런 느낌이다.

'카이탁 님의 말씀대로였어. 죽음은 축복이야.'

죽음이 축복이 되려면 칼리 신의 대리자인 카이탁의 명령에 따라야 한다.

다이스케에게 내려진 명령은 한 사람을 죽이고 그가 가지고 있던 청동검 한 자루를 입수하는 임무였다.

바로 딸 쿠미가 구하려다 실패했던 바로 그 청동검이다.

목표였던 청동검은 피 묻은 셔츠에 싸여 조수석에 얌전히 놓여 있다.

딸이 못한 일을 아버지가 마무리했다.

이 얼마나 완벽한 결과인가.

'이제 나도 죽어 영원히 살 수 있어.'

다이스케는 액셀러레이터를 밟고 있는 발에 힘을 주었다.

혼다 경부가 운전하는 프리우스가 다이스케가 탄 도요다 크라운의 뒤를 바짝 뒤쫓았다.

조수석에 앉아 있던 토다 순사가 불만스러운 어조로 물었다.

"왜 부동산 회사 사장집 앞에서 체포를 하지 않으신 겁니까? 피투성이였잖습니까?"

"들어갈 때는 손에 아무것도 없었는데 나올 때는 무언가 길쭉한 물건을 들고 나왔어. 자네 말대로 피투성이가 되어서 말이지. 분명 딸이 훔치려다 실패한 물건을 아버지가 다시 훔친 거야. 살인을 불사하면서까지……."

"제 말이 바로 그 말 아닙니까. 체포해야 한다구요."

혼다 경부는 답답했다.

토다 순사는 다 좋은데 다음 수를 생각하지 못하는 단세포적인 측면이 있다.

"300명의 죽었다 살아난 사람과 사람을 죽이고서까지 훔쳐야 하는 물건, 그리고 그 물건을 가지고 열심히 달려가고 있는 남자. 느껴지는 점이 없어?"

"…그럼……."

"이제 이해가 됐어?"

"다이스케의 목적지에 300명의 배후가 있을 확률이 높다는 말씀이군요."

"그래, 그런 이야기야."

크라운은 후지산 인근의 한 폐쇄된 골프장 정문에 멈췄다.

정문은 10여 명의 청년이 삼엄하게 경비를 하고 있었다.

문이 열리고 크라운이 골프장 안으로 진입했다.

"지원을 요청할까요?"

"무슨 증거로? 일단 잠입해 보자구."

"불법입니다."

"그럼 따라오지 말든가."

"……."

혼다 경부는 멀찍한 장소에 프리우스를 세우고 정문을 크게 우회했다.

뒤에서 토사 순사가 툴툴거리며 따라오는 소리가 들렸다.

'짜식!'

말도 많고 불만도 많은 토다 순사지만 그가 있음에 든든했다.

토다 순사는 유도 4단에 합기도 4단인 무술 경관이었다.

한참을 해맨 혼다 경부와 토다 순사는 강당 앞에 주차되어 있는 크라운을 발견했다.

강당 안에서 묵직한 저음의 허밍이 새어 나왔다.

소리로 보아 족히 수백 명이 강당 안에 있음이 분명했다.

"정문으로 들어갈 수는 없잖습니까?"

"옆에서 볼 수 있을지 알아보자구."

다행히 강당 옆 창문을 통해 안을 볼 수 있었다.

카아아아알리!

카아아아아아아아알리!

투우우우우우르르르르르카아아아안!

강당 안은 수백 명이 아니라 수천 명이 밀집해 두 손을 치켜들고 열광적으로 어떤 단어들을 외치고 있었다.

"미치겠네. 완전 사이비 종교잖아."

"옴 진리교가 생각납니다."

"……."

옴 진리교라는 단어를 처음 접한 것은 히로 경부가 막 경찰 제복을 입은 1995년 봄이었다.

그해 3월 20일, 어떤 집단이 지금은 도쿄 메트로로 이름을 바꾼 에이단 지하철의 5개 역에 독가스인 사린가스를 살포했다.

이 테러의 여파는 엄청나서 13명이 사망했고 6,300명이 크고 작은 부상을 입었다.

조사 결과 이 테러를 벌인 범인은 옴 진리교라는 종교 집단이었다.

옴 진리교는 아사하라 쇼코라는 남자가 세운 신흥 컬트 종교 집단으로 힌두교의 시바신을 받들며 신자에게 절대자유 및 절대행복의 해탈 상태가 되기 위해서는 아사하라 교주만을 통해야 한다는 지극히 사이비적인 교리를 설파하고 있었다.

아사하라 교주는 더 많은 사람을 해탈시키기 위해서는 현재의 포교 방식으로는 불가능하다고 생각했다.

그는 일본 정부를 전복시키고 천황을 끌어낸 다음 자신이 절대군주로 군림하는 신정국가를 건설한다는 '산바라화 계획'이라는 희대의 망상을 계획한다.

망상은 망상으로 멈추지 않고 실천에 옮겨졌다.

아사하라 교주는 '하얀 사랑의 전사들'이라는 사병 조직을 만들고 신자를 자위대에 입대시키거나 러시아로 군사훈련을 보내는 등 계획을 실행에 옮길 준비를 시작했다.

그리고 더 나아가 AK-74 소총를 제조했고 사린가스까지 만들었다.

히로 경부는 토다 순사의 의견에 동의하지 않을 수 없었다.

'대량 학살과 종교단체. 확실히 옴 진리교와 비슷해.'

그러고 보니 제단에 세워진 신상도 힌두교의 냄새가 물씬 풍겼다.

어쩌면 옴 진리교의 후신일 수도 있겠다 싶었다.

강당 안의 열기는 점점 뜨거워지고 있었다.

토다 순사가 히로 경부의 옆구리를 찌른 후 강당 안쪽을 가리켰다.

"저기 있습니다."

"……"

강당 안쪽에는 검붉은 카펫이 깔린 제단이 설치되어 있었다.

다이스케는 제단 위에 놓인 탁자 앞에 무릎을 꿇고 상체를 탁자에 누이고 있었다.

"뭐 하는 걸까요?"

"……."

의문은 금방 해소되었다.

검은 로브를 입은 남자가 다이스케에게 다가갔다.

남자의 손에는 도끼가 들려 있었다.

"설마……."

설마는 현실로 드러났다.

남자가 도끼를 휘둘렀고 다이스케의 목이 탁자 아래로 굴러떨어졌다.

토다 순사가 흥분했다.

"저런 미친놈들!"

히로 경부는 다급하게 토다 순사를 진정시켰다.

"얼른 지원을 요청해."

"알았습니다."

토다 순사가 핸드폰을 꺼내 전화를 걸더니 인상을 썼다.

"통화권 이탈인데요?"

"젠장……. 전파가 잡히는 곳으로 이동해서 연락해."

토다 순사는 강당과 인접해 있는 언덕으로 달려갔다.

토다 순사에게 오크란 자신이 좋아하는 판타지 소설의 하급 몬스터일 뿐이었다.

'거짓말이야.'

작가들은 엄청난 거짓말쟁이였다.

오크는 초보 유저에게 경험치 덩어리에 불과한 그런 하급 몬스터가 절대로 아니었다.

수풀을 헤치고 나타난 10여 마리의 오크가 울부짖었다.

꾸에에에엑!

꾸에에엑!

토다 순사는 반사적으로 권총을 빼 들었다.

하지만 발사를 하지는 못했다.

콩알만 한 권총탄으로는 암석같이 우락부락한 오크들을 도무지 죽일 수 있을 것 같지 않았다.

그것은 확신이었다.

토다 순사는 뒤를 돌아 냅다 뛰기 시작했다.

히로 경부는 창문에 달라붙어 제단을 살폈다.

제단 위에서는 직접보고 있으면서도 믿기 힘든 일이 벌어지고 있었다.

'세상에······.'

다이스케의 머리가 둥실 떠올랐다.

머리는 몸통에 달라붙었고 잠시 후 다이스케가 살아났다.

히로 경부는 자기도 모르게 눈을 비볐다.

하지만 헛것을 본 것이 아니었다.

다이스케는 분명히 창백한 얼굴로 살아 있었다.

'죽었다 살아나고 그 살아남이 죽음과 다를 것이 없다.'

50년 가까이 쌓아온 가치관이 일거에 무너지는 기분이었다.

다리가 후들 거렸다.

'토다는 뭐하는 거야?'

토다 순사를 찾아야 했다.

그래서 그와 힘을 합해 이 공포를 함께 벗어나야 했다.

억지로 몸을 일으킨 히로 경부는 토다 순사가 달려간 언덕으로 달려갔다.

절반쯤이나 언덕을 올랐을까?

"응?"

언덕에서 토다 순사가 손을 휘저으며 달려 내려오고 있었다.

토다 순사가 고래고래 고함을 질렀다.

"도망치세요!"

토다 순사 뒤로 그를 쫓아오고 있는 검은 물체가 시야에 잡혔다.

'세상에……'

검은 덩어리들은 인간과 비슷하지만 절대로 인간이 아닌 괴물이 분명했다.

히로 경부는 본능적으로 권총을 빼 들었다.

그때 등 뒤에서 나지막한 목소리가 들렸다.

"권총은 의미 없어."

"……."

돌아보니 거대한 검을 든 남자 두 명과 여성 한 명이 서 있었다.

"총 치우고 뒤로 물러나."

"……."

히로 경부는 강한 한국 억양이 느껴지는 일본어를 쓰는 남자에게서 거부할 수 없는 위압감을 느꼈다.

남자가 다시 말했다.

"물러나라고. 안 들려? 내 발음이 그렇게 구린가? 세바스찬! 네가 말해봐."

"형만 재미 보려고 그러지?"

"쓸데없는 소리 하지 말고!"

"킁! 알았어."

남자가 오크에게 달려갔다.

세바스찬이라고 불린 서양 청년이 반쯤 넋이 나간 히로 경부에게 유창한 일본어로 말했다.

"나서지 마. 안 그러면 죽어. 알았어?"

"알았습니다. 그런데 어떻게 저런……."

히로 경부는 먼저 달려간 남자를 가리켰다.

남자는 오크들 사이에서 칼춤을 추고 있었다.

꾸에에엑!

꾸엑!

거대한 바스타드 소드가 휘둘러질 때마다 오크의 신체가 하늘로 비산했다.

"킁, 자기만 신 나서……."

세바스찬의 신형이 사라지자 혼자 남은 여성이 히로 경부에게 말을 걸어왔다.

"걱정 마세요. 저 두 사람은 엄청 강하거든요."

"보면 알겠습니다만… 여러분은 누구십니까?"

"전 로미예요. 아~ 오빠가 정체를 밝히지 말라고 했는데……. 제 이름을 들은 것은 잊어주세요. 알았죠?"

로미라고 자신을 소개한 여성이 멋쩍은 미소를 지으며 말했다.

'무슨 여자가…….'

당연히 잊어야 했다.

이 여성을 난처하게 하는 짓은 남자로서 할 일이 아니었다.

단숨에 오크들을 해치운 무혁은 두 일본 경찰의 처리를 두고 고민에 빠졌다.

"살리긴 살렸는데… 난감하네."

"그러게 그냥 놔두자고 했잖아. 강당 안에서 움직임이 느껴진다구."

어젯밤, 신주쿠에서 벌어진 참극을 뉴스로 접한 무혁은 그 사건의 뒤에 카이탁과 푸타나가 있다고 확신했다.

'요즘 일본이 하는 짓을 보면 솔직히 오고 싶지 않았다고.'

국수주의적인 생각을 접어두고 서둘러 일본으로 날아온 무혁은 로미의 힘을 빌려 이 골프장을 찾아냈다.

그리고 두 경찰관을 발견했다.

'하~ 어쩐다.'

생각을 정리한 무혁은 두 경찰을 불렀다.

"두 사람도 봤겠지만 이곳은 사교의 소굴이야. 저들이 믿는 건 투르칸이라고 힌두교 계열 신인데 부두교의 영향도 받았어. 투르칸의 주특기는 인간을 환각에 빠지게 만들어서 조종하는 거야. 주로 LSD 비슷한 약품을 써."

히로 경부는 오크를 가리켰다.

"저 괴물들이 환상이란 말입니까?"

"저건 약물의 부작용이야. 독하거든."

마치 어린아이에게 설명 대신 무조건 믿으라고 강요하는 부모 같은 말투였다.

"우릴 바보로 아십니까?"

"두 사람은 지극히 우수하다고 알려져 있는 일본 경찰이잖아. 절대 바보가 아니지. 하지만 지금은 바보이기도 해."

"무슨 소립니까? 바보가 아니면서 바보라니요. 설마……."

무혁이 들고 있는 무시무시한 바스타드 소드가 눈에 들어왔다.

바스타드 소드에는 오크의 피와 살과 털이 엉켜 있었다.

무혁이 조금 전 보여주었던 엄청난 위용도 떠올랐다.

누가 봐도 협박이다.

등골이 오싹해졌다.

"무조건 믿으라는 말이군요."

"역시 우수해. 바보 같다고 한 말은 취소해야 할까 봐."

"……."

"이제 여길 떠나. 최대한 멀리. 여긴 지옥이 될 거야."

"…아무리 그래도……."

히로 경부가 머뭇거리자 세바스찬이 나섰다.

세바스찬은 좀 더 직접적인 단어를 사용했다.

"얼른 가. 아니면 저 꼴이 될 거야."

저 꼴이란 정육점 고기처럼 보기 좋게 잘려진 오크를 말하는 것이다.

결국 히로 경부는 무혁의 명령에 따를 수밖에 없었다.

멀리 강당이 보이는 언덕에 도착한 히로 경부는 걸음을 멈췄다.

"여기서 어떤 일이 벌어지는지 지켜보자."

"괜찮을까요? 아까 그 사람들 이야기도 있고……."

토다 순사의 말투는 평소 그답지 않게 소심했다.

"괜찮은지 안 괜찮은지 그런 문제가 아니잖아? 우린 경찰이라고. 여기까지 도망친 주제에 할 말은 아니지만 끝까지 꼬리를 말고 도망칠 수는 없지 않겠어? 최소한 무슨 일이 일어나는지 지켜보고 보고를 해야지."

"알겠습니다."

순순히 대답은 했지만 아직도 토다 순사의 표정이 어두웠다.

히로 경부는 한 번 더 토다 순사를 달랬다.

"솔직히 말하자만 나도 얼른 집에 돌아가 맥주 한잔하고 오늘의 악몽을 잊어버리고 싶어."

"흐흐흐, 저랑 같은 생각이시군요. 이젠 괜찮습니다. 저놈들이 어떤 일을 벌이는지 두 눈으로 똑똑히 지켜보겠습니다."

"이왕이면 스마트 폰으로 동영상 촬영도 하자고. 아~ 참, 지원 연락은?"

"못했습니다. 그 괴물들이 나타나는 바람에요."

"그럼 내가 전화할 테니 토다 순사는 촬영을 시작해."

"알았습니다."

다행히 신호가 잡혔다.

히로 경부는 상관에게 전화를 걸어 현 상황을 설명하고 위치를 보고했다.

"여러 가지 정황으로 보아 옴 진리교의 잔당쯤으로 보입니다. 현재 수천 명이 모여 있습니다. 제 눈으로 똑똑히 다이스케라는 이름을 가진 궁내청 시종직의 목이 날아가는 장면을 목격했습니다. 이 다이스케라는 인물은 신주쿠 대학살의 범인 중 시라이 나나미의 남편이자 시라이 쿠미의 아버지입니다."

죽었던 다이스케가 살아났다는 말은 하지 않았다.

그런 말을 했다가는 지원은커녕 욕만 처먹고 시말서를 쓰게 될 것이 분명했다.

*   *   *

두 일본 경찰에게 큰소리는 쳤지만 무혁은 걱정을 떨쳐 버리기 힘들었다.

카이탁이면 몰라도 푸타나를 이긴다는 보장은 그 어디에도 없었다.

다행이 로미가 희소식을 전해주었다.

"강당 안에 푸타나는 물론 카이탁도 없는 것 같아."

세바스찬도 같은 이야기를 했다.

"로미 말대로야. 어둠의 마나가 느껴지긴 하는데 카이탁이나 푸타나는 아니야."

서운하지만 한편으로 안심이 되는 이야기다.

고무된 무혁은 발로 힘껏 강당 문을 걷어찼다.

꽝!

빠각!

두터운 문이 안쪽으로 터져 나갔다.

기회를 놓치지 않고 세바스찬이 이죽거렸다.

"꼭 멋있는 척을 해요."

"죽을래?"

강당 안은 발 디딜 틈 없이 사람으로 빼곡했지만 문이 박살났음에도 뒤를 돌아보는 사람은 한 명도 없었다.

"크크크."

세바스찬이 억지로 웃음을 참았다.

민망하기도 하고 뻘쭘하기도 했다.

무혁은 마나로 목을 보호한 후 냅다 고함을 질렀다.

"카이탁!"

마나가 실린 목소리가 엄청난 위압감을 가지고 강당을 채위 나갔다.

효과가 있었다.

"……."

"……."

"……."

강당이 쥐죽은 듯 조용해졌다.

비로소 사람들이 무혁을 바라보았다.

"거봐. 되잖아."

"잘났어, 정말!"

대답과 동시에 세바스찬의 신형이 흐릿해지더니 빛처럼 제단을 향해 쏘아져 나갔다.

"반칙이다."

"먼저 잡는 사자가 배부른 법이라고."

"돼지겠지."

무혁과 세바스찬은 허공을 밟으며 제단으로 날아갔다.

제단 위에서는 8명의 검은 로브를 입은 남자가 신상 앞에서 탁자 하나를 둘러싸고 주문을 외우고 있었다.

"$&%T&*(*(&)((*&)"

"%^%&*^(*&^(*"

"^$%%^&^$#$%#%$#%$%#%#&^&&"

탁자 위에는 청동검과 상당히 큰 청동 거울, 거대한 녹색 곡옥 한 개가 놓여 있었다.

"진심을 담아 말하는데… 저 신상 정말 지랄 맞게 생겼다. 그런데 너 뭐하냐?"

세바스찬은 무릎을 꿇고 신상을 향해 기사의 예를 올리는 중이었다.

"아리스 님의 종, 세바스찬 폰 도멜이 투르칸 님을 뵙습니다."

기가 찼다.

뭐하는 짓인가도 싶었다.

하지만 농담이라고 보기에는 세바스찬의 표정이 너무 진지했다.

로미의 조언이 필요했다.

그런데 로미도 예를 올리고 있었다.

"유리아 님의 종, 로미 비하일로바. 투르칸 님을 뵙습니다."

놀라기도 지친다.

'뭐냐고…….'

생각보다 행동이 우선이다.

무혁은 바스타드 소드를 들고 네크로맨서들을 견제했다.

"환장하겠네."

네크로맨서들이 주문을 멈추고 예를 올리는 세바스찬과 로미를 물끄러미 바라보고 있었다.

'신은 동등하다… 이 말인가? 하지만 카이탁이나 투란하고는 잘만 치고받았잖아. 아~ 몰라. 무슨 사정이 있겠지.'

어쨌든 방심해선 안 된다.

무혁은 바스타드 소드를 고쳐 쥐고 네크로맨서들을 노려보았다.

세바스찬과 로미의 예는 생각보다 길게 이어졌다.

믿지 않는 신이 아닌 자신이 믿는 신과 동격의 다른 신이라는 생텀만의 특수한 종교관 때문인 듯 보였다.

'응? 그런데 저게 뭐지?'

탁자 위에 놓여 있는 청동검과 청동거울과 녹색 곡옥이 시선에 들어왔다.

'설마……'

일본과 청동검과 청동거울과 녹색 곡옥, 그리고 성물이라는 단어를 조합하면 나오는 답은 한 가지뿐이다.

'삼종신기(三種神器)?'

삼종신기는 일본의 시조신인 아마테라스 오미가미(天照大神)가 천황에게 황권의 상징으로 내려준 3가지 보물을 의미한다.

청동검은 쿠사나기의 검, 혹은 초치검(草薙劍), 천총운검(天叢雲劍)으로 불린다.

일본 신화상의 스사노오라는 신이 야마타노오로치라는 머리가 여덟 개 달린 뱀에게 술을 잔뜩 먹인 후 십속검(十束劍,)으로 목과 꼬리를 잘랐다.

이때 꼬리를 자르던 십속검의 이가 나갔는데 이는 그 꼬리 안에 있던 쿠사나기의 검 때문이었다.

한마디로 신이 사용한 신검(神劍)의 이를 나가게 할 만큼 최고의 검이란 이야기다.

청동거울은 팔지경(八咫鏡)이라고 부른다.

팔지경은 금속인지 돌 거울인지는 불명확하지만 어쨌든 아마테라스 오미가미가 최초로 자신의 모습을 본 거울이라고 전해진다.

천조대신이라는 어마어마한 이름을 쓰는 신이 자신의 모습을 몰랐다는 사실은 웃긴 일이다.

이런 모순이 생기는 이유는 일본이 섬나라이기 때문이다.

섬나라는 외부의 사정에 어둡기 때문에 자신들의 건국신화를 매우 웅장하게 만드는 경향이 있다.

한마디로 다른 민족의 신화와 비교할 일이 없으니 자기 마음대로 부풀리는 것이다.

일본 신화 역시 그런 경향에서 벗어나지 못해 거창하다 못해 안드로메다 급으로 만들어졌다.

게다가 후일 천손강림(天孫降臨)이라는 천황의 신격화를 달성하기 위해 신이 인간이 된 과정을 합리화하려고 요상 망측한 이야기들을 덧붙이다 보니 신화가 거의 누더기 수준으로 전락했다.

환웅(桓雄)이 하늘에서 내려와 신시(神市)를 열었고 곰과 호랑이가 찾아와 사람이 되길 원한다.

그중 곰이 삼칠일(三七日)을 견뎌 웅녀가 되고 환웅과 결혼하여 아들을 낳으니 바로 이가 단군을 낳았다.

심플한 대륙적 기질이 넘치는 한민족의 건국신화에 비하면 일본신화는 거의 양판소 판타지도 못 되는 한심한 수준이다.

마지막 신기인 곡옥(曲玉)은 야사카니의 곡옥으로 불린다.

이 곡옥 역시 아마테라스 오미가미에게 제사를 지내던 신물로 알려져 있다.

'젠장, 일본 최고의 성물인 셈이잖아! 무슨 짓을 하려고……'

무혁은 긴장감을 끌어 올렸다.

예를 마친 로미가 네크로맨서들에게 인사를 건넸다.

"투르칸 님의 시종님들에게 인사를 드립니다."

네크로맨서들도 로미에게 인사를 했다.

"유리아 님의 종에게 인사를 드립니다."

로미가 말했다.

"신성하고 거룩하고 영원불멸인 '오리진'에 의해 신상 앞에서는 예를 표하는 이교도에게 칼을 뽑을 수 없습니다. 이계에서까지 '오리진'을 지켜주셔서 감사합니다."

"'오리진'을 승인하신 분은 투르칸 님. 어느 때, 어느 장소에서도 지켜야 하는 건 당연한 일입니다."

"투르칸 님의 약속에 충실한 네크로맨서님들에게 경의를 표합니다. 하나!"

로미는 이 소동 속에서도 무언가에 홀린 것처럼 묵묵히 신상을 주시하고 있는 인간들을 가리켰다.

"대륙 마탑의 포고령에 의해 인간에 대한 네크로맨서의 주술은 금지되었다는 사실을 상기시켜 드리고 싶군요."

"끌끌끌, 이곳은 생텀이 아니라는 사실을 잊으셨나? 지구에는 신을 믿지 않는 늙은 괴물들이 살지 않아. 유리아 님의 창녀여."

"신의 속성은 어느 때, 어느 장소에서나 똑같이 발현됩니다. 즉 지구에서도 오리진의 권능은 유지된다는 의미입니다. 투르칸의 종이신 분이 확언하셨다시피요."

"……"

로미가 네크로맨서가 뱉은 말을 그대로 인용해 카운터펀치를 날렸다.

무혁은 진심으로 감탄했다.

'성녀 후보생들은 저런 화술도 배우나?'

어쨌거나 로미의 도발은 네크로맨서들의 인내심을 바닥냈다.

"신상을 모셔라."

네크로맨서들이 벽의 장치를 움직이자 신상이 제단 뒤편으로 옮겨졌다.

신상 앞에서는 싸우지 않는다.

어쩌면 눈 가리고 아옹 하는 듯 보였지만 한편으로 어떻게든 신의 말씀을 지키려는 모습이 지구의 종교인과 비교되기도 했다.

무혁은 네크로맨서들의 앞을 막아서며 소리쳤다.

"로미, 저 사람들을 밖으로 내보낼 수 있겠어?"

"알았어요."

로미는 황금홀을 사용해 신자들에게 신성력을 발현했다.

어두웠던 강당이 성스러운 백색빛으로 채워졌고 신자들이 정신을 차렸다.

"여기가……."

"내가 왜……."

"아~ 어머니."

세바스찬이 강당 벽에 바스타드 소드를 휘둘렀다.

꽝!

펑!

한 번의 칼질로 지름 3m는 될 법한 구멍이 뚫렸다.

"이리로 나가."

"……."

"죽고 싶지 않으면 빨리 튀어나가. 그리고 절대로 뒤돌아
보지 말고 달려."

"……."

여전히 사람들은 움직이지 않았다.

그들은 이성적으로 현 사태를 판단하고 싶어 했다.

"하여튼 말로 해서 들어먹는 법이 없어."

세바스찬은 마나를 사용해 강당 바닥을 힘껏 내밟았다.

꽈르릉!

콘크리트 바닥이 지름 1m는 되게 움푹 파여 나갔다.

다시 바스타드 소드도 휘둘렀다.

붉은 오러가 올올이 춤추며 사람들을 위협했다.

"무서워……."

"괴물이야……."

팔자에도 없는 괴물이 된 세바스찬이 궁시렁거렸다.

"괴물은 내가 아니라구."

사람들이 강당 밖으로 쏟아져 나가기 시작했다.

세바스찬은 괴물이란 소리를 들은 분을 오러에 담아 사람들의 뒤에 쏘아냈다.

펑!

퍼펑!

등 뒤의 흙이 터져 나가자 사람들의 발이 더 빨라졌다.

사람들은 서로를 부축하며 강당에서 사라져 갔다.

신상이 모습을 감추자 네크로맨서가 말했다.

"한낱 세 치 혀로 말장난을 하러 오지는 않았을 테고, 이제 죽어라."

쿠쿠쿠쿠.

네크로맨서들의 몸이 커지기 시작했다.

등에서 가시도 튀어나왔다.

입도 튀어나왔고 튀어나온 입 사이로 거대한 송곳니가 자라났다.

몸에는 억센 털도 생겼다.

압권은 엉덩이에 난 탐스러운 꼬리였다.

커어어어엉!

커엉!

크어어엉!

누가 봐도 그 모습은 늑대인간이었다.

"적당히 하지!"

무혁은 오러를 끌어 올렸다. 온몸의 근육이 터져 나올 듯 꿈틀거렸다.

적당히 빨라진 심장의 고동 소리가 흥분을 고조시켰다.

'바로 이 기분이야. 세바스찬이 이래서 전투를 사랑하는 거야.'

절대로 질 것 같지 않았다.

"죽어랏!"

무혁은 바스타드 소드를 휘두르며 네크로맨서들 사이로 뛰어 들었다.

첫 번째 네크로맨서의 몸을 두 동강 내고 난 후 무혁은 이상한 위화감을 느꼈다.

두 번째 네크로맨서의 목을 날린 순간 그 위화감은 확신으로 변했다.

'약해!'

약해도 너무 약했다.

카이탁의 경우나 투란의 경우를 보더라도 네크로맨서는

바퀴벌레보다 더 질긴 생명력을 가지고 있다.

그런데 무혁이 베어버린 네크로맨서들이 녹아 사라지고 있었다.

세바스찬도 같은 생각을 한 것 같았다.

"형, 이상하지 않아?"

"많이. 이것들 네크로맨서가 아닌 것 아냐?"

"네크로맨서는 맞아. 너무 미약해서 그렇지 어둠의 기운이 느껴지고 있어."

뒤에서 무혁과 세바스찬을 서포트하고 있던 로미도 소리쳤다.

"세바스찬 오빠 말이 맞아요. 네크로맨서는 맞지만 어둠의 기운이 너무 미약해요. 마치 뱀파이어에게 피를 빨린 인간처럼요."

"……"

탁자 위의 삼종신기가 보였다.

힘없이 죽어가는 네크로맨서도 보였다.

'설마……'

한 가지 무시무시한 생각이 머리를 스치고 지나갔다.

무혁은 그 생각을 잠시 접어두었다.

우선은 네크로맨서 한 명이라도 사로잡아 카이탁의 행방을 알아내는 일이 우선이었다.

결론적으로 네크로맨서를 사로잡겠다는 무혁의 계획은 수포로 돌아갔다.

  마지막 남은 네크로맨서는 스스로 목을 뽑아내는 극단적인 행동으로 삶을 마감했다.

  "징그러운 놈들."

  "저렇게까지 해서 감추고 싶었던 비밀이 뭘까?"

  "원래 저런 놈들이야. 징글징글하지. 오죽하면 대륙 마탑에서 공적으로 선포했겠어."

  "이성적으로 생각해. 약한 네크로맨서, 사라진 카이탁, 저기 놓여 있는 삼종신기."

  "우리가 무서워서 도망쳤겠지. 그런데 삼종신기가 뭔데?"

  "일본의 국왕인 천황의 상징물. 그러면서도 천황도 못 보는 최고의 신물이지."

  "일본 최고의 성물이란 이야기지? 그럼 잘됐네. 이제 일본에서는 못된 짓을 못 하겠지."

  "……"

  그렇게 단순하게 생각할 문제가 아니었다.

  삼종신기는 천황까지도 볼 수 없는 일본 최고의 신물이다.

  이런 신물을 카이탁은 어처구니없을 만큼 쉽게 포기했다.

  카이탁에게는 더 큰 목표가 있었다.

'그게 뭘까?'

무혁은 삼종신기보다 더 강한 신성력을 발휘할 수 있는 성물을 떠올리려 노력했다.

"설마……."

성물은 인간의 신앙심이 축적된 존재다.

꼭 물건일 필요가 없다는 이야기다.

"1억이 넘는 일본인이 신격화해 온 존재. 일본 최고의 성물은… 천황이야."

세바스찬은 무혁의 말을 이해하지 못했다.

"천황이라면 왕이나 황제 비슷한 위치 같은데……. 그런 인간이 어떻게 성물이 되지?"

무혁은 일본에 있어 천황이란 위치가 가지는 역할에 대해 설명해 주었다.

"듣고 보니 군주라기보다는 생텀의 성녀나 교황 같은 존재네. 그렇다면 형 말도 일리가 있어. 성녀가 최고의 성물인 것처럼 인간도 성물이 될 수 있을 테니까."

삼종신기를 살피고 있던 로미도 무혁의 말을 뒷받침해 주었다.

"이 삼종신기라는 물건들에서 느껴지는 신성력은 매우 약해요. 도무지 성물이라고 말하기가 민망할 정도에요."

"하~ 그러면 천황을 보호해야 한다는 이야긴데… 정말

싫다."

지구에 온 이후 세뇌에 가깝게 무혁과 한국인이 일본을 싫어하는 이유를 철저하게 주입받은 세바스찬과 로미다.

세바스찬이 즉각 맞장구를 쳤다.

"나라도 정말 싫겠다."

로미는 로미답게 원칙론을 들고 나왔다.

"오빠 마음이 이해가 가요. 하지만 보통의 일본인들은 무슨 죄가 있겠어요."

로미의 말이 맞으면서도 틀리다.

무혁은 유리아 신의 은총을 받고 있으면서 그 유리아 신을 믿지 않을 만큼 이성적인 현실론자다.

그런 무혁에게 평범한 일본인들은 주범은 아니라도 공범은 되는 범죄자쯤으로 느껴진다.

'악이 창궐할 때 침묵하는 자는 결국 악의 편이거든.'

무혁은 천황을 보호하기로 결정했다.

'나 스스로 자가당착에 빠진 셈이지.'

천황을 보호하지 않으면 결국 카이탁을 도와주는 셈이니 스스로 세운 원칙에 위배되고 만다.

"젠장. 그런데 저 신상은 어떻게 처리해야 되지?"

"오리진의 규약에 의해 저와 세바스찬은 손댈 수 없어요."

"내가 해야 한다는 말이지?"

찝찝하지만 어쩔 수 없다.

무혁은 제단 뒤로 옮겨진 신상 앞에 섰다.

"투르칸 신이라… 칼리라고도 했던가? 힌두교의 칼리와 판박이네. 판박이야."

생텀과 지구 사이의 유사점이 또 한 가지 발견되었다.

'극과 극은 통한다고 했던가? 투르칸이나 칼리나 피에 미친 신이니 비슷할 수도 있겠지.'

무혁은 바스타드 소드를 휘둘러 투르칸 신의 신상을 고철 조각으로 만들었다.

'찝찝해. 정말 찝찝해.'

예수상을 발로 짓밟는 기분이 이럴까 싶었다.

신의 존재를 한없이 부정하는 무혁에게도 그런 기분은 썩 유쾌한 것이 아니었다.

신상을 파괴한 무혁은 삼종신기를 챙긴 후 강당을 빠져나왔다.

그리고 숨어서 상황을 살피고 있던 히로 경부를 붙잡았다.

"정말 말 안 듣는 양반이네."

당장에라도 무혁의 바스타드 소드가 목으로 날아올 것 같았는지 히로 경부가 잔뜩 목을 움츠렸다.

무혁은 삼종신기를 내밀었다.

"이게 뭔지 알아?"

"모… 모릅니다."

"삼종신기."

"네?"

"삼종신기 몰라? 국사시간에 안 배워?"

"압니다. 알지만 느닷없이 삼종신기라니요."

"아마노무라쿠모노츠루기(天叢雲劍, 천총운검), 야타노카가미(八咫鏡, 팔지경), 야사카니노마가타마(八尺瓊勾玉, 팔척경곡옥). 맞잖아. 삼종신기."

"……"

"돌아가서 천황에게 보고해. 삼종신기를 가진 남자가 보고 싶다고 했다고."

"천황 폐하께 말입니까?"

"너!"

"네."

"꼭 두 번 말하게 하는 버릇이 있구나?"

"아~ 네……."

"삼종신기씩이나 돌려주는데 보자고 하면 거절은 하지 않을 거야. 거절하면 자기 팔자일 따름이고. 그리고 다시 말하지만 여기서 벌어진 일은 처음부터 없었던 일이다. 명심해."

"알겠습니다."

무혁은 히로 경부와 토다 순사를 보냈다.

"괜찮을까? 그래도 강단이 있어 보이는 경찰이던데."

"어쨌거나 상관없어. 올리비아가 손을 썼을 테니까."

"그렇다면 다행이고. 그럼 이제 뭐 할 거야?"

"일본에 왔으니 초밥은 먹어봐야지. 가자."

초밥이라는 말에 세바스찬과 로미가 인상을 썼다.

세바스찬과 로미는 전반적으로 지구 음식을 가리지 않고 잘 먹는 편이었다.

하지만 유독 회나 초밥에는 거부감을 표시하곤 했다.

"생선을 날것으로 먹는 게 뭐가 맛있다고 그래. 야만인 같아서 난 정말 싫어."

"저두요. 생각만 해도 토할 것 같아요."

무혁은 단호했다.

"다 경험이야. 참고로 일본은 회를 숙성시켜 먹기 때문에 한국의 활어에 비해 훨~ 씬 푸석푸석하다고."

"크~"

"잉."

"배고프다. 가자."

단숨에 불만을 잘라 버린 무혁이 움직이자 세바스찬과 로미도 어쩔 수 없이 뒤를 따랐다.

*   *   *

골프장을 빠져나온 히로 경부와 토다 순사는 뜻밖의 상황에 마주쳐야 했다.

일단의 군인이 탱크와 장갑차를 동원해 골프장 전역을 봉쇄하고 있었다.

"뭐지?"

"미군 같습니다."

"미군이 왜 여길…… 우리 지원은 어떻게 하고?"

"잠시만요. 지금 알아보겠습니다."

통화를 마친 토다 순사는 황당하다는 표정으로 통화 내용을 설명했다.

"미군의 저지에 막혀 골프장으로 진입하지 못하고 있답니다."

"말이 되나? 여긴 일본이야."

"전 들은 그대로 전했을 뿐입니다."

"미치겠네. 미군까지 개입된 사건이란 말인가?"

"따지고 보면 당연하죠. 솔직히 우리가 저 안에서 본 일들을 실행에 옮길 수 있는 세력은 전 세계에서 미국뿐이잖습니까?"

"미군이 비밀 실험 따위를 했다가 문제가 생겼고 그래서

아까 그 세 사람을 투입해서 처리를 한 다음 비밀을 유지하기
위해 여길 봉쇄했다? 이런 스토리인가?'

삼류 음모론 같은 이야기다.

하지만 아니라고 확신할 수도 없다.

"미군들이 옵니다. 어떻게 하죠?"

"뭘 어떻게 해. 잘못한 것도 없는데."

"만화나 영화를 보면 이런 상황에서는 대부분 살인멸구
를……."

"……."

말도 안 되는 소리지만 그 소리가 일리 있게 들린다.

'하긴 돼지 닮은 괴물과 목이 잘렸다 살아난 인간도 봤는
데 어떤 일이 벌어져도 놀랍지 않을 거야.'

다행히 토다 순사의 망상은 이뤄지지 않았다.

다가온 미군이 어색한 일본어로 물었다.

"히로 경부와 토사 순사, 본인 맞습니까?"

"그렇습니다만……."

"경계선 밖으로 안전하게 모시라는 명령을 받았습니다."

"누가 그런 명령을……. 그전에 미군이 일본 경찰에게 이
래라저래라 할 권한이 있습니까?"

"권한 문제는 제가 왈가왈부할 문제가 아니군요. 한 가지
말씀드릴 수 있는 사실은 우리는 여기 있고 그 사실에 일본

정부는 이의를 제기하지 않았다는 점입니다."

"……."

"이해된 걸로 알겠습니다. 그럼 여기에 사인해 주십시오."

미군은 서류 한 장을 내밀었다.

서류는 골프장 안에서 보고 들은 사실을 절대로 입 밖에 내지 않으며 또한 이를 어길 시에는 응분의 처분을 받겠다는 법무대신 명의의 서약서였다.

'법무대신까지 연관된 건가?

법무대신이 연관되어 있다면 당연히 일본 정부가 관여되어 있다는 이야기다.

히로 경부와 토다 순사는 결국 서약서에 사인을 하고 말았다.

*　　*　　*

같은 시간 도쿄 도 지요다 구 나가타 정의 총리관저에서는 총리대신 아베 신조가 주일 미국 대사 캐롤라인 케네디를 대상으로 항의를 쏟아내고 있었다.

"무슨 권리로 미군이 일본 영토에서 마음대로 군사행동을 하고 일본 경찰의 진입을 막는다는 말입니까?'

주권국가로서 당연한 항의지만 아버지 존 F 케네디의 피를 이어받은 캐롤라인 케네디는 눈 한 번 깜짝하지 않았다.

"미국은 미일상호방위원조협정에 의거해 군사행동을 취했습니다."

"일본이 적국으로부터 침략이라도 당했다는 말입니까?"

"그렇다고 할 수 있습니다."

케롤라인 케네디의 주장은 완전한 억지였다.

미일상호방위원조협정에 의하면 일본이 침략당했을 경우 각국의 헌법규정에 따라 '공동'으로 대처하도록 되어 있다.

이를 무시하면 미군은 앞으로도 얼마든지 일본 영토에서 마음대로 군사력을 움직일 수 있게 된다.

지금처럼 미지의 적국을 방어했다고 주장하면 그만이기 때문이다.

"그런 보고는 받은 적이 없습니다. 그 적국이 어딥니까?"

"일본이 미지의 위협에 노출되었고 미국이 방위했다는 사실에 주목하십시오. 나머지는 모두 부차적인 문제입니다."

"이… 익!"

아베 신조는 터져 나오는 욕설을 억지로 집어삼켰다.

오늘의 사태를 그냥 넘어가면 미군은 앞으로 얼마든지 일본 영토에서 군사력을 움직일 수 있다는 전례가 만들어진다.

지금의 경우처럼 미지의 적국을 방어했다고 주장하면 그만이기 때문이다.

일국의 총리로서 절대 묵과할 수 없는 일이다.

그러나 현실적으로 아베 신조가 미국에 반항할 방법이 마땅치 않았다.

캐롤라인 케네디와의 회담은 아무런 성과 없이 끝나고 말았다.

이제 아베 신조에게 남은 것은 개 떼처럼 물어뜯을 기자들의 이빨에 시달릴 일뿐이었다.

기자회견이 열렸고 기자들이 질문 공세를 시작했다.

"이번 미군의 군사행동에 사전 협의가 없었다고 들었습니다. 이 점에 대해 말씀해 주십시오."

"그럴 리가 있겠습니까? 미국과 일본은 확고한 동맹관계이고 미군 한 사람의 이동도 일본 정부의 허락 없이는 이뤄지지 않습니다."

"그렇다면 미군이 후지산 인근에 전개한 이유는 무엇입니까?"

"주일 미 육군이 육상사격훈련을 위해 후지산 사격장으로 이동하던 중 길을 잘못 들었을 뿐입니다."

"세계 최강의 미군이 길을 잘못 들었다는 말을 믿으라는 말씀이십니까?"

"세상에 완벽한 일은 없는 법이죠."

"경시청 기동타격대와 대치 상태가 벌어졌다는 제보가 있었습니다. 그 점은 어떻게 생각하십니까?"

"기동타격대는 신주쿠 대학살 사건의 배후로 지목된 옴 진리교 잔당들의 거점을 급습하려 출동했습니다. 그 과정에서 양측의 진로가 엇갈리는 불상사가 벌어졌을 뿐입니다."

신주쿠 대학살이라는 단어가 언급되자 기자들이 웅성이기 시작했다.

그만큼 신주쿠 대학살이 남긴 충격이 컸다는 이야기다.

이미 기자들의 뇌리에는 미군 따위는 사라지고 없었다.

일본인에게 미군은 그런 존재였다.

"범인은 잡았습니까?"

"강제로 억류되어 있던 범인들의 가족과 일부 신자를 합해 1,000여 명의 민간인을 구출했습니다. 그렇지만 아쉽게도 주범 일당은 이미 사라지고 없었습니다. 하지만 경시청이 최선을 다해 추적하고 있으니 머지않아 좋은 소식이 있을 겁니다."

기자회견을 지켜보던 히로 경부는 욕설을 내뱉었다.

"하나부터 열까지 거짓말이잖아."

"일본 정부도 연관이 되어 있다는 사실이 확실해졌습니다."

"하여튼 정치하는 놈들치고 제대로 된 놈을 못 봤어."

정치는 정치고 삼종신기부터 처리해야 한다.

히로 경부는 일전에 통화를 한 적이 있는 궁내청 장관 하케다 신고에게 전화를 걸었다.

삼종신기를 가지고 있다는 히로 경부의 말을 들은 하케다 신고는 기겁을 했다.

"다시 연락하겠네."

전화를 끊은 하케다 장관은 서릉부를 담당하고 있는 후지타 고지를 불렀다.

후지타 고지가 관장하고 있는 서릉부(書陵部)는 일본의 황실의 문서나 유물, 그리고 묘를 관리하는 궁내청 산하 부서다.

"삼종신기를 가지고 있다는 사람이 있네."

"그런 일은 있을 수 없습니다."

"나도 그렇게 생각해. 하지만 그 남자는 거짓말을 할 사람이 아니야."

"바로 알아보겠습니다."

후지타 고지는 바로 궁내청 지하에 자리 잡은 왕실보물고 담당자에게 전화를 걸었다.

잠시 통화를 하던 후지타 고지의 얼굴이 사색이 되었다.

"저기… 저기… 이런 황망할……."

"말을 하게."

"야타노카가미(八咫鏡, 팔지경)와 야사카니노마가타마(八尺
瓊勾玉, 팔척경곡옥)가 사라졌습니다."

"……."

후지타 고지는 나고야의 아츠타 신궁에도 전화를 걸었다.
이 신궁에는 삼종신기 중 쿠사나기의 검이 보관되어 있다.

다행히 쿠사나기의 검은 무사하다는 답이 돌아왔다.

그러나 하케다 장관과 후지타 고지의 표정은 밝지 않았다.

두 사람 다 아츠타 신궁에 모셔져 있다고 알려진 쿠사나기
의 검이 헤이안 시대 말기에 벌어진 단노우라 해전에서 안토
쿠 텐노와 함께 수장되었다는 사실을 알고 있었기 개문이다.

"삼종신기를 가졌다고 주장하는 남자가 훔친 것이 분명합
니다."

"궁내청 지하 보물수장고에 침입해서 말인가?"

"납득이 가지 않지만 달리 설명할 방법이 없습니다."

"만나보면 알겠지."

하케다 신고는 히로 경부에게 전화를 걸어 입궁하도록 명
령했다.

히로 경부는 무릎을 꿇고 아키히토 천황에게 기어갔다.

고개도 들지 못했다.

숨소리도 내지 못했다.

안 그래도 안 좋은 무릎이 시큰거렸다.

곁눈질로 보니 옆에서 기어가고 있는 하케다 신고 궁내청 장관의 모습이 보였다.

'그래도 난 괜찮은 편이지.'

하케다 신고 장관은 70살 가까이 먹은 노령이다.

그런 그가 매일매일 이렇게 알현실을 길 거라 생각하니 웃음이 나왔다.

자신이 한 인간을 만나기 위해 바닥을 기고 있다는 생각을 하니 조금 이상했다.

하지만 특별히 억울하다는 생각은 들지 않았다.

저 너머에 있는 천황은 인간이자 신인 희한한 존재다.

히로 경부는 아마도 그가 신에 가까울 거라 믿었다.

21세기를 살아가는 인간이 할 생각은 아니지만 평생 동안 알게 모르게 진행된 세뇌가 만들어낸 결과였다.

끝이 없을 것 같던 천황과의 거리가 가까워졌다.

목소리가 들렸다.

"히로 경부, 머리를 드십시오."

존댓말이 아니니 천황의 목소리는 아니다.

'아마도 천황을 지근에서 보좌하는 시종직의 목소리겠지. 시라이 다이스케처럼 말이야.'

머리를 들어보니 아키히토 천황이 옥좌에 앉아 있는 모습이 보였다.

옥좌 옆에는 한 중년 남자가 시립해 있었다.

조금 전 목소리의 주인공인 듯싶었다.

아키히토 천황이 입을 열었다.

흔히 옥음으로 불리는 목소리다.

"이번 삼종신기를 회수해 준 히로 경부의 공로에 아낌없는 치하를 보냅니다."

"황은이 망극하옵니다."

히로 경부는 머리를 조아렸다.

돌아가신 아버지가 아들이 천황폐하의 칭찬을 받고 있다는 사실을 알았으면 얼마나 좋아하실까 하는 생각이 들었다.

아키히토 천황은 계속 말을 이어갔다.

"더군다나 유물을 감정해 본 결과, 히로 경부가 가져온 쿠사나기의 검이 진품일 가능성이 높다고 합니다. 삼종신기가 이제 겨우 한자리에 모인 셈이지요."

"제 공이 아닙니다. 전 한 남자의 심부름을 했을 뿐입니다."

한 남자라는 말에 놀란 아키히토 천황이 되물었다.

"그가 누구란 말이오."

"저도 모릅니다. 그는 삼종신기를 돌려주는 대가로 폐하를 만나고 싶다고 했습니다."

"저런……."

잠자코 아키히토 천황과 히로 경부의 대화를 듣고 있던 하케다 신고 장관이 끼어들었다.

"절대 불가합니다. 아마도 그는 삼종신기를 훔친 범인이 분명합니다. 그런 자를 만날 이유가 없습니다."

아키히토 천황이 반문했다.

"그렇다면 쿠사나기의 검은 어떻게 설명할 텐가. 대신도 알다시피 쿠사나기의 검은 수백 년에 사라졌네."

"그게… 그래도 정체를 모르는 사람을 만나는 건 안 됩니다."

"은혜를 받고 감사를 표하지 않는 일은 범인(凡人)에게도 부끄러운 일이네. 하물며 천황이란 자가 그러해서야 되겠는가?"

"……."

아키히토 천황은 인자한 미소를 지으며 말했다.

"그에게 만나겠다고 전하게."

"알겠습니다, 폐하."

그렇게 알현이 끝났다.

이제 히로 경부가 할 일은 무혁에게 올 연락을 기다리는 일뿐이었다.

결과적으로 연락은 오지 않았다.

다음 날 일본은 미증유의 재앙에 휩싸였고 히로 경부는 그 중심에서 살기 위해 발버둥 쳐야 했다.

*   *   *

알현을 마친 아키히토 천황은 내실로 향했다.

내실에서는 시라이 다이스케가 기다리고 있었다.

아키히토 천황은 시라이 다이스케를 위로했다.

"아내와 딸이 일을 당했다는 이야기를 들었어. 어찌 말로 자네의 찢어지는 마음을 달래줄 수 있단 말인가."

"……."

대답이 돌아오지 않았다.

아키히토 천황은 의아함을 느꼈다.

자신이 동궁에 있을 때부터 거의 반평생을 함께한 시라이 다이스케다.

그가 자신의 말에 대답하지 않은 적은 최소한 자신의 기억 속에는 단 한 번도 없었다.

'그럴 수도 있지. 그 악랄한 옴 진리교에 딸과 아내를 잃었으니…….'

어려운 처지에 처한 시종을 이해하고 위로해 준다.

생각만으로도 뭔가 대단히 인자한 군주가 된 기분이 들었다.

아키히토 천황은 평생 단 한 번도 해보지 않았던 행동을 실천에 옮겼다.

한 발 다가가 시라이 다이스케의 손을 잡은 것이다.

'감격할 거야. 눈물을 흘릴지도 몰라. 그런데… 손이…….'

시라이 다이스케의 손이 얼음장처럼 차가웠다.

그러고 보니 얼굴도 창백했다.

"어디 아픈가?"

온화하게 질문은 했지만 내심 기분이 나빠졌다.

'감히 아픈 몸으로 내 앞에 나타나다니? 불충이야, 불충!'

고귀한 몸에 감기라도 들면 어쩌라는 말인가.

할아버지인 메이지 천황의 재위 시절이었다면 당장 목이 날아갈 일이다.

아무리 개인 신상에 문제가 있다손 치더라도 천황인 자신에게 이런 무례를 범해서는 안 된다.

이는 상식이다.

주의를 줘야겠다는 생각이 들었다.

보통의 경우라면 넌지시 하케다 신고 장관에게 말을 흘리는 식으로 가볍게 처리했겠지만 이번만은 아니다.

아키히토 천황은 평소보다 더 위엄있는 목소리로 말했다.

"시라이 시종, 자네 말이지."

시라이 다이스케의 손이 다가왔다.

"뭐… 무얼 하는 겐가."

아키히토 천왕은 뒤로 물러나려 했다.

그러나 그럴 수 없었다.

"컥!"

다가온 시라이 다이스케의 손이 아키히토 천황의 목을 움켜쥐었다.

"커~ 컥!"

평생 한 번도 느껴보지 못한 고통이 엄습했다.

아키히토 천황은 두 손으로 시라이 다이스케의 손을 떼어내려고 노력했다.

손은 족쇄라도 채운 듯 꿈쩍도 하지 않았다.

시라이 다이스케의 손은 강철처럼 차갑고 단단했다. .

"컥~ 컥!"

숨이 점점 가빠왔다.

사야도 흐려졌다.

백색이 사라지고 검은색이 의식을 지배했다.

아키히토 천황은 의식을 잃었다.

제47장

일본, 멸망하다

Sanctum

그날이 도래했다.

어떤 역사가는 이날을 새로운 역사의 시작이라고 적었고
또 어떤 역사가는 인류 멸망의 시발점이라고 기록했다.

사건의 시발점은 일본의 수도 도쿄 한복판에 자리 잡은 황
거의 천수각이었다.

출근길을 서두르던 일본인들은 천수각에서 흘러나온 검은
연기가 황거의 하늘을 뒤덮은 장면을 목격했다.

어떤 이는 그 연기에서 불안감을 느꼈고 또 어떤 이는 공포
를 느꼈다.

길은 가던 아이는 검은 연기를 본 순간 울음을 터뜨렸고, 개와 고양이들은 남쪽을 향해 달리기 시작했다.

황거에서 시작된 검은 연기는 차츰 세력을 넓혀 나가 도쿄 전역으로 퍼져 나갔다.

눈뜬 악몽의 시작이었다.

*　　　*　　　*

지옥의 문이 열렸다.

길을 걷던 회사원이 매미가 허물을 벗듯 양복을 벗어버리고 오크로 변신했다.

학교 운동장에 모여 조회를 하던 아이들이 고블린이 되었다.

동물들도 변이의 행렬에 동참했다.

먼저 동물원의 원숭이들이 일제히 오거로 변신했다.

사자들도, 호랑이도, 곰도, 코끼리도 나름의 모양을 가진 몬스터로 모습을 바꾸었다.

집에서 기르던 개들은 거대한 늑대로 변했고, 하늘을 나는 새들은 거대한 박쥐로, 혹은 와이번으로 변했다.

곤충들도 변화의 대열에 합류했다.

거대 개미가 출몰했고, 거대 모기가 피를 찾아 날개짓을 했다.

식물들도 그냥 있지는 않았다.

어떤 나무는 걸어 다녔고, 어떤 나무는 성장촉진제를 톤 단위로 흡수한 것처럼 하늘 끝까지 자라났다.

이름 모를 잡초는 지나가는 오크의 발을 휘감았고, 옆에 있는 야생화는 그 오크의 머리를 집어삼켰다.

검은 연기는 세력을 넓히며 도쿄를 벗어나 확산되기 시작했다.

한 시간 만에 치바시와 요코하마시가 동경의 뒤를 따랐다.

또 한 시간이 지나자 후쿠시마시와 니가타시 나가노시 나고야시까지 세력을 확장했다.

그렇게 반나절이 지났다.

일본은 완벽한 마굴이 되고 말았다.

검은 연기가 도쿄를 뒤덮을 때 무혁과 로미와 세바스찬은 호텔에서 새벽 단잠에 빠져 있었다.

이상을 가장 먼저 감지한 사람은 로미였다.

"여신님."

로미는 옆방으로 뛰어가 무혁을 깨웠다.

꽝!

꽝!

"오빠, 일어나요. 오빠."

뒤늦게 이상을 감지한 세바스찬이 달려왔다.

"이 둔탱이."

세바스찬은 순간의 망설임도 없이 발로 문을 찼다.

꽝!

문짝이 떨어져 나갔고 그 소리에 놀란 무혁이 눈을 떴다.

"무슨 짓이야."

로미가 심각하게 말했다.

"어둠이… 어둠이 너무 짙어요. 꼭 블랙 포레스트 같아요."

"꿈 깨세요, 로미 양. 블랙 포레스트는 생텀에 있다구."

"알아요. 알지만… 너무 같은 느낌이에요."

"무슨, 말도 안 되는 소릴……."

로미가 창밖을 가리켰다.

멀리 황거 상공을 중심으로 확산되어 가는 검은 구름이 보였다.

검은 구름을 본 순간 가장 먼저 든 생각은 '늦었다' 였다.

*　　　*　　　*

천 년 넘게 신으로 추앙받아 온 천황가의 마지막 천황이 성물이 되었다.

그 힘이 얼마나 강할지 도무지 짐작이 되지 않았다.

"막을 방법은 없어?"

"솔직히 말해서… 없어요."

"그럼 일본인들은 어떻게 되는 거야?"

"모두 오크가 될 거예요. 인간뿐만이 아니라 모든 생명체가 몬스터로 변할 거라구요."

"…막을 방법은?"

"카이탁은 살아 있는 천황을 살아 있는 성물로 사용했어요. 산제물이죠. 천황에게 애정을 가졌던 모든 사람이 몬스터로 변하게 될 거예요. 전 막을 힘이 없어요."

"세상에… 그럼 우리나라는?"

"그래서 빨리 한국으로 돌아가야 해요. 연기가 바다를 건너면 한국도 위험해요."

충격을 넘어 공포였다.

'하여튼 일본은 일생에 도움이 안 되는 나라야.'

어떤 수를 써서라도 막아야 했다.

일본 때문에 한국이 몬스터 천국이 되는 꼴은 절대로 볼 수 없었다.

"한국은 막을 방법이 있는 거야?"

"있어요. 있어요. 넥타르를 사용하면 돼요."

"자세히 말해봐."

"넥타르로 결계를 치면 검은 연기를 막을 수 있어요. 사람들에게 넥타르를 동해와 남해의 해변을 따라 뿌리게 해야 해요. 그 후 제가 결계를 치면 돼요."

대한민국 전역에 넥타르 결계를 친다?

방법이 있어 안심이 되긴 했지만 대한민국 해안선을 따라 넥타르를 뿌리려면 엄청난 양이 필요할 것이다.

"그만한 양이 될까?"

된다.

인천의 창고에는 엄청난 양의 넥타르 원액이 저장되어 있다.

'설마⋯ 이 사태를 예상하고?'

안절부절못하고 있는 로미가 보였다.

'에이, 설마⋯ 로미 성격에⋯ 그럴 리 없지.'

생각할 시간이 없다.

무혁은 말했다.

"알았어. 옷부터 입어."

속옷 차림이었던 로미가 비명을 지르며 자신의 방으로 달려갔다.

*　　*　　*

무혁은 우선 생연부터 호출했다.

"지급으로 대통령과 통화하게 해주십시오."

—연락하겠습니다. 대기하십시오.

대기하는 사이 올리비아로부터 연락이 왔다.

올리비아의 목소리는 평소 그녀의 성격을 고려하면 보기 드물게 다급했다.

—도쿄 상공에 검은 연기가 발생했다는 보고를 받았어요. 어떻게 된 거죠?

"로미 말로는 일본 전역이 블랙 포레스트가 될 거랍니다. 몬스터의 천국 말입니다."

—…막을 길은요?

"아키히토 천황을 성물로 사용했습니다. 로미도 막을 수 없답니다."

—그럼… 한국은요?

"막을 방법이 있습니다. 최대한 빨리 나리타공항에 항공기를 대기시켜 주십시오. 아~ 조종사에게는 넥타르를 뒤집어쓰게 하시구요."

—알았어요. 준비해 둘게요.

통화를 끊자마자 전화벨이 울렸다.

젊은 여성의 목소리가 들렸다.

―대통령이십니다. 삐 소리가 나면 말씀하십시오.

삐.

무혁은 호흡을 가다듬은 후 입을 열었다.

"안녕하십니까. 전 문무혁입니다. 급히 전할 말씀이 있어 실례를 했습니다."

―급한 일이니 연락을 했겠죠. 무슨 일이죠?

"일본에 문제가 생겼습니다. 그래서……."

무혁은 먼저 현 상황을 설명했다.

그리고 전국에 깔려 있는 넥타르 캔을 사용해 해안선을 따라 뿌리라고 부탁했다.

"부족한 양은 인천의 창고에 있습니다. 희석하서 뿌려야 합니다. 최대한 빨리 하지 않으면 우리나라도 일본 꼴이 날겁니다. 전 서둘러 항공편으로 넘어가겠습니다."

―알았어요. 바로 데프콘을 발동시키죠. 그런데…….

대통령이 잠시 망설이더니 어렵게 입을 열었다.

―북한은…….

"……."

당연히 도와야 한다.

그러나 현실적으로 방법이 없었다.

무혁이 침묵하자 대통령이 말했다.

―지금까지 단 한 번도 휴전선의 존재에 감사한 적이 없어

요. 그러나 오늘만큼은 감사하다 해야겠군요.

"슬픈 일입니다."

—우리나라는 그렇고… 중국은 어떻게 되나요?

"확실하진 않지만 신성력에는 한계가 존재합니다. 영향은 없을 겁니다."

—알았어요. 조심하세요.

"네, 대통령님."

통화가 끝났다.

무혁은 고민했다.

'아무리 미워도 일본인을 멸종시킬 수는 없잖아.'

다만 몇 사람만이라도 구해야 한다.

'어떻게?'

무혁이 아는 일본인이라고는 히로 경부뿐이다.

다행히 히로 경부는 벨이 채 한 번 울리기도 전에 전화를 받았다.

—기다리고 있었습니다. 천황 폐하를 알현했습니다.

"이제 천황은 중요하지 않아. 당신의 위치는?"

—네? 무슨 소리신지…….

"당신 위치를 묻잖아."

—전, 경시청입니다.

"당장 도쿄를 벗어나 요코스카의 미군기지로 달려가."

히로 경부가 발끈했다.

―내가 왜 당신의 명령을 받아야 합니까? 그전에 당신 말을 어떻게 믿습니까?

"나와 내 동료의 힘을 봤지?"

―그렇습니다.

"우리가 죽인 괴물도 봤지?"

―도대체 무슨 소리를 하고 싶으신 겁니까?

"그런 괴물이 수천, 수억 마리가 도쿄에 퍼질 거야. 그러니 잔말 말고 요코스카 미군기지로 달려가. 그리고 당신, 가족은 있나?"

―없습니다.

"잘됐네. 그럼 아는 사람에게 연락해. 요코스카 미군기지로 달려오라고. 주변 사람들도 데려가. 시간이 없어."

―…….

아직도 못 믿는 눈치다.

무혁은 쐐기를 박았다.

"내 말이 틀렸다고 해도 네가 잃을 것은 단지 몇 시간이야. 하지만 내 말이 맞으면 넌 너와 친구의 목숨을 살리는 거야. 알아서 해."

히로 경부가 물었다.

―만일… 만일 당신 말이 맞다면……. 일본은 어떻게 될

니까?

"오늘 이후 일본은 없을 거야. 그러니 넌 살아남아 일본을 재건해야 해."

─왜 납니까?

"간단해, 내가 아는 일본인이 너뿐이거든."

─…….

더 이상 지체할 시간이 없었다.

검은 연기는 초 단위로 세력을 확산하고 있었다.

옷을 걸친 무혁과 로미와 세바스찬은 나리타공항으로 향했다.

무혁은 다시 올리비아를 호출하고 히로 경부에 대해 이야기했다.

─일본인 탈출 계획인가요?

"그냥 놔둘 수는 없으니까요."

─안 그래도 미군 주둔지 인근을 중심으로 방송을 하고 있어요.

"텔레비전, 라디오, 인터넷 무엇이든 동원해야 합니다. 그래서 한 명이라도 살려야죠."

─그렇게 할 거예요.

"그리고… 오늘부로 터널의 존재를 세상에 공개해야 합니다."

올리비아가 단호하게 말했다.

ㅡ절대로 그런 일은 없어요.

"세상은 진실을 알 권리가 있습니다."

ㅡ그래서요? 진실을 알고 나면 뭐가 달라지죠? 그리고 당신은 그 뒷일을 감당할 수 있나요?

"……."

ㅡ미국 정부는 모든 관련 사실을 부인할 거에요. 물론 한국 정부도 미국의 뒤를 따를 테구요.

단 한마디도 반박할 수 없었다.

터널과 생텀의 존재를 공개한다?

'사람들이 만족할까?

부정적이다.

사람들은 더 나아가 왜 일본이 몬스터 천국이 되었는지 궁금해할 것이다.

'그래서 네크로맨서의 존재도 밝힌다?

상상할 수 없는 선택이다.

분명 사태의 근본적인 책임은 생텀 코퍼레이션에 있다.

하지만 생텀 코퍼레이션의 뒤에는 미국이 있다.

미국과 협력한 한국도 있다.

정의가 세상을 지배한다고 생각할 만큼 순진한 무혁이 아니다.

비난은 미국이 아닌 한국에 집중될 테고 한국은 그런 비난을 감당할 만한 체력이 없다.

＊　　　＊　　　＊

나리타공항에는 올리비아가 준비한 비즈니스 제트기가 대기 중이었다.

일행이 도착하자 제트기는 운항 순서를 무시하고 이륙했다.

하늘에서 본 도쿄는 검은 연기에 휩싸여 있었다.

무혁은 조종사에게 요코스카 미군기지 방면으로 비행해달라고 부탁했다.

요코스카 항은 러시아워를 방불케 할 만큼 북적이고 있었다.

"올리비아가 대처를 빨리 했어."

항구를 떠나고 있는 군함들의 행렬이 보였다.

무혁은 그 군함에 히로 경부가 타고 있길 진심으로 바랐다.

그래야 조금이나마 마음이 편해질 것 같았다.

'값싼 자위일 뿐이야.'

이번 사태의 이면에는 무혁의 책임도 분명 존재했다.

히로 경부를 통하지 않고 황거로 쳐들어가 천황을 보호해야 했었다. 그랬더라면 일이 이 지경으로 엉망진창이 되진 않았을 것이다.

무혁은 고개를 저어 자책감을 털어버렸다.

후회는 아무리 빨라도 늦는 법이다.

벌어진 일에 신경 써봐야 엎질러진 물이다.

지금 무혁이 신경 써야 할 대상은 일본이 아니라 대한민국이었다.

김해공항에 도착한 무혁은 대기하고 있던 헬리콥터를 타고 울산의 나사 해수욕장으로 향했다.

나사 해수욕장은 포항에서 전개된 해병대에 의해 주민 소개가 이뤄지고 있었다.

"전쟁이라는 나는 건가?"

"아니라잖아. 일본에서 원전이 터졌대."

"유언비어 유포하지 마. 내가 알기로는 일본 서해안에서 지진이 일어났다고 들었어."

"그럼 쓰나미가 몰려온다는 소리야?"

"그러니 이렇게 대피시키는 거지."

"호오~ 제법인걸!"

"상황에 어울리지 않게 웬 감탄사?"

"우리나라도 꽤 한다 싶어서. 보통이라면 쓰나미가 몰려온

후에나 난리법석을 떠는 게 정상이잖아."

"마을이 싹 휩쓸려 가는데 좋기도 하겠다."

"보상해 주겠지, 뭐."

"하긴, 오래된 집 싹 허물고 새로 지어주면 이득이지."

"살면 뭐라도 되는 거야."

"그려, 죽으면 끝이지."

마을 사람들이 떠나자 로미는 나사 해수욕장 백사장에 거대한 마법진을 그렸다.

그리고 그 중앙에 앉아 기도를 시작했다.

제48장

변화

Sanctum

　―세계 3대 경제대국이자 인구 1억 3천만 명에 달하는 일본이 설명할 수 없는 재앙에 의해 멸망했다.

　―일본 열도가 지금껏 단 한 번도 본적이 없는 괴물들의 소굴로 변했다.

　충격적인 뉴스가 전 세계를 강타했다.

　각국의 증시가 일제히 나락으로 곤두박질쳤다.

　금리는 나날이 상승해 최근 몇 년간 최고치를 갱신했다.

　그러나 의외로 충격은 오래가지 않았다.

우선 일본이라는 거대 에너지 소비 국가가 사라졌다는 호재(?)에 힘입어 석유 가격이 대폭락했다.

또한 일본 우위의 산업과 경쟁하는 기업들의 주가가 대폭 상승했다.

가장 수혜를 받은 나라는 일본과 직접적으로 경쟁 관계에 있는 산업이 다수인 대한민국이었다.

대한민국의 전자, 기계, 선박, 자동차 기업들의 주가가 하늘 높은 줄 모르고 치솟았다.

빛이 있으면 그늘이 있는 것처럼 문제도 있었다.

일본이 월등한 경쟁력을 가지고 있던 소재 산업과 부품 산업이 사라짐으로 해서 그 부품을 사용하는 제품을 생산하는 기업들이 심대한 타격을 입었다.

그러나 그 여파가 오래갈 것이라고 생각하는 사람은 없었다.

자본주의의 매커니즘은 빠르게 발동해 경쟁 관계에 있던 소재, 부품 기업들이 투자를 늘리기 시작했다.

경제문제가 잠잠해지자 세간의 관심은 일본의 멸망 원인에 쏠렸다.

사람들은 왜 일본이 저 지경이 되었는지 알고 싶어 했다.

각국의 언론 매체들이 항공기를 사용해 일본 진입을 시도

했다.

그러나 언론의 시도는 실패로 돌아갔다.

일본 영공에 진입하던 항공기들은 미 해군 전투기의 요격을 받았다.

─미일 상호 방위조약에 의해 일본은 미국의 방위선 안에 있습니다. 일본 영공에 진입하는 행위는 미국을 침공하는 행위로 간주됩니다. 당장 기수를 돌리십시오.

말이 되는 것도, 안 되는 것도 같은 아리송한 주장이지만 이 주장을 무시할 수 있는 언론사는 없었다.

상대는 미 해군 전투기였고 미 해군은 미 공군 다음의 전력을 가진 세계 2위의 무력 집단이었다.

항공 취재가 실패로 돌아가자 언론은 선박도 동원해 해상 잠입을 시도했다.

그러나 하늘을 봉쇄할 능력이 있는 미국이 바다를 그냥 놔둘 리 없다.

언론의 취재는 실패로 돌아갔다.

일이 이 지경에 이르자 분노한 언론들은 일제히 미국을 향해 비난을 쏟아냈다.

―미군의 일본 봉쇄는 법적 근거가 전무한 폭거!

―미국 정부의 일본에 대한 태도의 근거는?

―일본의 멸망에 대한 책임을 숨기기 위한 의도적 봉쇄라는 일각의 주장도!

―비극 당일, 주일 미군의 신속한 퇴각에 의문점 속출! 과연 미군은 일본의 비극을 미리 알고 있었나?

―일본 영토에 산재한 문화재들을 미 해병대가 반출하고 있다는 관계자의 진술 잇달아!

―미국 거주 일본인들의 항의 집회가 워싱턴에서 열려!

대부분의 기사는 악의적인 루머에 의지한 것들이었지만 그 파장은 적지 않았다.

여론이 들끓기 시작했고 결국 그동안 침묵하던 미국이 입을 열었다.

세계의 모든 시선이 기자회견이 열리는 백악관 브리핑 룸에 쏠렸다.

기자회견이 시작된다는 발표가 있고 미국 대통령 빌리 체임벌린이 등장했다.

연단에 선 빌리 체임벌린 대통령이 입을 열었다.

"우선 일본과 일본인이 겪은 비극에 대해 세계 시민들과 더불어 저 자신도 깊은 충격을 받았다는 사실을 말하고 싶습니다. 개인적으로 친분이 있는 아베 신조 총리와 연락하기 위해 노력해 보았지만 그 어떤 생존 시그널도 찾을 수 없었습니다."

잠시 말을 멈춘 빌리 체임벌린 대통령은 기자들과 눈을 맞추었다.

"일본에 닥친 비극은 인류가 겪은 모든 재앙을 통틀어 그 유례를 찾을 수 없는 대참사입니다. 하지만 이런 재앙에도 불구하고 인류는 앞으로 나가야 합니다. 나아기가 위해서는 현상을 면밀히 파악하고 대책을 새워야 합니다."

빌리 체임벌린 대통령은 브리핑 룸 한쪽에 설치된 모니터를 가리켰다.

"지금부터 미군이 수집한 일본의 상황을 보시겠습니다. 이 영상은 특수부대원이 대 화생방 방호복을 입고 침투해 촬영한 것입니다."

모니터에 영상이 플레이되기 시작했다.

영상은 멀리 도쿄 타워가 보이는 것으로 보아 도쿄에서 촬영된 것으로 보였다.

먼저 멀리 4~5층 건물 높이의 거북이 비슷한 생명체가 걸어가고 있었다.

등껍질에 수백 개의 뿔이 난 거북이가 지나갈 때마다 지면

이 들썩였다.

쿵!

쿵!

"……."

"……."

갑자기 지면이 들썩이며 도로의 아스팔트가 터져 나갔다.

꽝!

꽈광!

땅속에서 등장한 것은 길이가 20여 미터에 달하는 지렁이를 닮은 거대한 괴물이었다.

"세상에……."

"판타지 영화도 아니고……."

지렁이 괴물이 나타나자 건물 사이에서 수백 명의 사람이 등장했다.

기자들이 환호성을 질렀다.

"사람이 있어."

"살아 있었어."

"아냐… 잘 봐."

"사… 사람이 아니야."

사람이라고 착각했던 이유는 그것들이 옷을 입고 있어서였다.

하지만 분명 사람이 아니었다.

노란 눈동자, 귀까지 찢어진 입, 그 입을 뚫고 삐져나온 거대한 송곳니.

무엇보다 인간이 가질 수 없는 녹색의 피부.

어떤 기자가 소리쳤다.

"JJ 톨킨의 오크!"

"오크?"

"오크!"

오크들이 조악한 창과 칼을 들고 지렁이 괴물을 향해 돌진했다.

꾸에에엑!

꾸에엑!

전투가 벌어졌다.

거대 지렁이가 오크를 집어삼켰고 오크들은 지렁이에게 창과 칼을 쑤셔 넣었다.

잘 만들어진 할리우드 블록버스터 판타지 영화의 한 장면 같은 영상이 이어졌다.

브리핑 룸의 흥분도 어느덧 가라앉았고 기자들은 침묵에 빠져들었다.

그만큼 영상이 보여주는 일본의 현실은 충격적이었다.

"……."

"……."

영상이 급격하게 흔들리기 시작했다.

카메라를 들고 있던 특수부대원들이 달리기 시작했다.

그 다급함은 영상을 통해 고스란히 브리핑 룸에 전해졌다.

—달려~!

—도망쳐!

특수부대원들을 쫓는 것의 정체는 키가 5~6m에 달하는 인간형 괴물이었다.

꾸에에에엑!

괴물이 전봇대 크기의 기둥을 야구방망이처럼 휘둘렀다.

기둥이 카메라의 시야를 가렸다.

그리고 그것으로 영상은 끝이 났다.

"이 영상을 찍기 위해 고도로 훈련된 특수부대 요원 4명이 전사했습니다. 그들의 영웅적인 행동을 저와 미국은 잊지 않을 것입니다."

침묵을 깬 이는 빌리 체임벌린 대통령이었다.

"우리가 주목해야 할 점은 일본은 덮친 이 재앙이 국지적인 현상인가 아니면 전 지구적 재앙의 시발점에 지나지 않는 것인가에 대한 문제입니다. 때문에 본인은 일본이 지극히 조심스럽게 관리되어야 한다고 주장합니다."

한 기자가 물었다.

"유엔을 통한 관리를 말씀하시는 겁니까?"

"아닙니다. 일본의 영토에 대한 권리는 일본 정부에 있습니다. 관리의 주체는 일본 정부가 될 것입니다."

"저 지경이 됐는데 일본 정부가 기능한다는 말씀이십니까?"

"불행 중 다행으로 당시 일본 정부의 농림 수산성 장관이신 카노 미치히코 장관이 방미 중이었습니다. 카노 미치히코 장관은 일본 헌법이 규정한 바에 의해 일본국 내각 총리대신으로 취임하였고 망명 정부를 수립했습니다."

"망명 정부의 위치는 어디입니까?"

"일본인이 많이 거주하고 있는 하와이로 결정되었습니다."

"결국 미국이 일본을 봉쇄하고 있는 현 상황에는 변화가 없다는 말씀이시군요."

"말씀드렸다시피 우리에겐 일본이 왜 저 지경이 되었는지에 대한 답이 없습니다. 그 답을 알기까지는 불가피한 결정입니다."

"결국 그 말이 그 말 아닙니까?"

"대답은 카노 미치히코 총리에게 직접 듣는 편이 좋겠습니다."

직원의 안내를 받고 카노 미치히코 총리가 등장했다.

"가족과 친지를 잃은 일본 국민들에게 위로를 보냅니다. 또한 일본이 겪고 있는 불행을 슬퍼해 주시는 모든 분께 감사를 드립니다. 저는 일본 정부의 합법적인 총리로서 향후 직접적인 피해가 우려되는 주변국과 더불어 재앙에 대한 근본 원인을 조사하기로 결정했습니다."

그 방법으로 카노 미치히코 총리는 일본관리기구(Japanese Management Organization) 약칭 JMO의 설립을 발표했다.

JMO는 일본 본토에 대한 무제한적인 접근과 연구가 가능하다는 설명이 이어졌다.

물론 연구의 최종 목적은 일본 본토 수복이었고 그 과정에서 나올 부산물에 대한 일정 비율의 분배도 약속되었다.

"미국을 비롯해 한국과 러시아가 JMO에 참가하겠다고 통보해 왔습니다. JMO의 본부는 일본과 가장 가까운 대한민국의 거제도로 정해졌습니다."

"중국이 빠졌군요. 무슨 이유라도 있습니까?"

"중국은 직접적인 주변 당사국이 아닙니다. 일본은 중국과 국경을 마주하고 있지 않습니다."

"북한도 빠졌습니다만."

빌리 체임벌린 대통령이 끼어들었다.

"북한의 경우는 조금 특별합니다. 지금가지 파악된 정보에 의하면 대한민국과 인접한 금강산 일부 지역이 일본과 같은 참사를 겪었습니다."

"그런 일이… 그렇다면 더더욱 북한의 참여가 필요한 것 아닙니까?"

"물론 제의는 했지만 북한 정부가 거절했습니다."

"이유가 뭡니까?"

"북한 정부는 자신들의 영토에 일본과 같은 참사가 없었다는 주장을 하고 있습니다."

"조금 전에는 북한도 참사를 겪었다면서요. 말이 다르잖습니까?"

"흠… 북한 정부는 해당 지역에 초토화 작전을 펼쳤습니다. 수천 발의 폭탄과 네이팜탄을 동원해서 말입니다."

"……."

북한 정부는 이번 사태의 주범을 미국으로 확신하고 있었다.

때문에 정권 유지 차원에서 참사의 원인 규명 등을 이유로 미국이 간섭하는 상황을 용납할 수 없었다.

때문에 빌리 체임벌린 대통령의 말처럼 철저하게 참사 사실을 부인했다.

백악관이 공개한 영상은 엄청난 파장을 불러일으켰다.

네티즌들은 일본을 지팡구라 부르기 시작했다.

동영상에 나온 동물들을 시작으로 몬스터 도감이 작성되었다.

인터넷상에는 수없이 많은 포럼이 생겼고 네티즌들은 지팡구에 대한 이야기로 밤을 지샜다.

소위 떡밥은 부족하지 않았다.

미국은 지속적으로 영상을 공개해 그들의 탐구욕을 충족시켜 주었다.

이제 지팡구는 일종의 실시간 판타지 드라마처럼 여겨졌다.

동시에 사람들의 뇌리에서 일본인들이 겪은 슬픔이 사라지기 시작했다.

어쩌면 당연한 결과다.

인간은 자신과 상관없는 슬픔에 면역이 되어 있는 생물이다.

지구 저편에서 수백만의 인간이 굶어 죽어도 오늘 내 식탁에 오를 스테이크가 더 중요한 법이다.

인간은 그런 존재였다.

*   *   *

일본열도 주변 해역들에 대한 봉쇄가 시작되었다.

동해는 대한민국 해군이 봉쇄를 담당했고 일본의 남해와 태평양 방면은 미 해군 관할이었다.

또한 북해도 인근 해역은 러시아의 극동함대가 포진했다.

상황이 이렇게 되자 중국이 강력하게 반발하고 나섰다.

─중국은 일본과 조어도를 사이에 두고 국경을 맞대고 있다. 참사의 피해가 확산되면 중국은 직접적인 피해를 입을 수 있다. 이에 이번 JMO에서 중국을 배제한 행위를 묵과할 수 없다. 중국은 스스로의 힘으로 우리의 권리를 행사할 것이다.

중국 정부는 자신들의 주장을 실천에 옮길 준비가 되어 있었다.

중국 동해 함대가 상하이기지(上海基地), 저우산기지(舟山基地), 푸젠기지(福建基地)를 떠나 오키나와를 향해 항해를 시작했다.

이 사태를 바라보는 미국 정부의 시선은 단호했다.

미국 정부는 즉각적으로 요코스카 항을 떠나 대한민국 진해에 정박 중이던 제7함대와 이미 이동을 시작한 제3함대를 오키나와로 급파했다.

이것으로 끝이 아니었다.

중동지역을 담당하는 제5함대와 지중해 지역을 담당하고 있던 제6함대도 오키나와로 이동을 시작했다.

이들 함대를 합하면 6대의 항공모함과 500여 대의 항공기, 200여 척이 넘는 전투함으로 이뤄진 가공할 만한 전력이다.

미국의 강경한 대응에 가장 놀란 이는 당연히 중국 정부였다.

중국이 현대 해군 양성을 위해 최근 많은 돈과 노력을 기울인 것은 사실이다. 그러나 그런 노력에도 불구하고 아직은 동남아에서 골목대장을 하는 수준에 불과하다는 점도 사실이다.

핵전쟁을 각오하지 않는 이상 미국을 이길 수 없다.

아니 핵전쟁을 각오한다 해도 미국을 이길 가능성은 없다.

그러나 이런 암울한 현실에도 불구하고 대륙의 자존심은 강했다.

중국 정부는 동해함대를 공해에 대기시키고 대치에 들어갔다.

하지만 그 대치는 그리 오래가지 못했다.

중국은 스스로 감당할 수 없을 만큼 거대한 미증유의 고난을 목전에 두고 있었다.

*　　　*　　　*

대통령이 재앙에서 한국을 지켜준 로미에게 감사를 표시하고 싶다는 의사를 전해왔다.

딱히 거절할 일도 아니었고 대한민국의 지도자를 만난다는 말에 로미도 흔쾌히 승낙을 했다.

청와대에서 열린 만찬은 즐거웠다.

세바스찬은 지금까지 감추고 있던 귀족의 매너를 한껏 발휘했고 졸지에 여왕 대우를 받은 대통령은 무척 즐거워했다.

문제의 발단은 대통령의 질문이었다.

"로미 신관님의 신성력으로 대한민국이 안전할 수 있었어요. 진심으로 감사드려요."

"저의 힘이 아닙니다. 유리아 여신님께서 대한민국에 넥타르를 허락해 주셨기 때문에 가능한 일이었습니다."

"그러니 더더욱 감사하죠. 유리아 여신님께서 대한민국을 각별하게 여기는 이유는 모두 로미 신관님이 계시기 때문 아니겠어요?"

"대답은 저도 모른다입니다."

"하긴, 신의 뜻을 안다고 말하는 사람치고 제대로 된 사람은 없죠. 그런데 한 가지 질문이 있어요."

"말씀하십시오."

"지금은 괜찮지만 혹시 나중에라도……."

"일본처럼 대한민국이 변하지 않을까하는 걱정이시라면 하지 않으셔도 됩니다. 일본의 암흑은 완전히 사라졌습니다. 더 이상의 변화도 변이도 일어나지 않을 겁니다."

"정말 다행이네요. 그렇다면……."

대통령이 무혁을 바라보며 말했다.

"일본에 간다고 들었어요."

"일본 몬스터 도감을 만들어달라는 올리비아 씨의 요청을 받았습니다."

"잘됐네요. 문무혁 씨에게 대한민국의 대통령이기 전에 한 사람의 한국인으로서 부탁이 있어요."

너무 거창하게 나오니 부담스럽다.

그래도 대통령의 말이니 들어봐야 한다.

"말씀하십시오."

"일본에 가시는 김에 유물들 좀 회수해 주세요."

"……."

유물이라 함은 아마도 일본이 강탈해 간 우리의 문화재를 말할 것이다.

대통령의 마음은 이해가 갔지만 한편으로 황당하기도 했다.

일국의 대통령이 지금 자신에게 빈집털이를 시키고 있는 셈이다.

무혁이 대답을 하지 않자 대통령이 다시 입을 열었다.

"무슨 생각을 하는지 압니다. 하지만 지금이 아니면 선조의 혼이 깃든 유물들은 영원히 사라질 것입니다."

여기까지 이야기하는데 더 이상 거부하기가 힘들었다.

무혁도 일본이라면 치를 떠는 한국인 아닌가.

'그래도 찝찝한 건 찝찝한 거라구.'

대통령은 무혁의 망설임의 원인을 다른 곳에서 찾은 것 같았다.

"대신이라면 뭐하지만… 우리의 유물을 찾는 과정에서 나오는 부산물에 대한 독점적 권리를 인정하겠어요."

무혁은 귀를 의심했다.

'부산물이라니……'

일본 은행에 잠들어 있을 금괴가 먼저 떠올랐다.

각종 보물들도 머리를 맴돌았다.

더 이상 생각하고 말 것이 없었다.

"넵!"

그래서 무혁의 대답은 단호했다.

대통령은 목록 한 권을 넘겨주었다.

목록에는 지금까지 정부에서 조사한 일본 반출 유물의 리스트와 위치가 적혀 있었다.

만찬을 마치고 돌아오는 길에 무혁은 세바스찬에게 말했다.

"앞으로 날 트래져 헌터라고 불러줘."

"……."

리스트가 있고 유물을 찾을 힘도 가지고 있다.

이제 남은 것은 돈을 버는 일뿐이다.

대답의 결과로 미국과 중국이 오키나와 인근에서 첨예하게 대립하고 있는 바로 그 시점에 무혁과 로미와 세바스찬은 동경에 와 있었다.

세바스찬이 달려드는 오크 한 마리를 베어 넘기며 투덜거렸다.

"믿을 수 없어. 왜 내가 여기서 몬스터 사냥을 해야 하냐고."

역시 오크를 베어 넘기던 무혁이 소리쳤다.

"다 돈 벌자고 하는 일이야. 열심히 썰어."

"돈은 지금도 엄청나게 번다구."

일본의 파국이 있고 한국에는 한 가지 소문이 돌기 시작했다.

―샤스가 한국에서 힘을 못 쓰는 이유가 김치이듯이 일본이 파국이 한국에 영향을 미치지 못한 이유는 넥타르 때문이다.

그럴싸한 이유도 덧붙여졌다.

―당일 군인들이 넥타르를 해변에 뿌리는 걸 본 사람이 있어.

―내 친구가 넥타를 가지고 일본에 갔는데 원래의 맛이 안 나더래. 그냥 꿀물이었다고 하더라구.

물론 대부분의 사람은 이들의 주장을 무시했다.

그러나 그러면서도 넥타르를 사서 마셨다.

이유야 어쨌든 넥타르는 환상의 맛을 가진 음료였고 한편으로 혹시나 하는 마음도 있었기 때문이다.

어쨌거나 넥타르는 폭발적으로 팔렸고 무혁과 일행은 엄청난 돈을 벌어들였다.

"돈은 많으면 많을수록 좋아."

"하긴, 이번에는 활을 사야겠어. 콤파운드 보우라는 놈을 유튜브에서 봤는데 정말 좋더라구."

"무기를 너무 많이 구매하는 것 같은데? 돌아가서 전쟁이라도 할 셈이냐?"

"영지를 발전시키기 위해서는 무장이 필수야. 지킬 힘이 없는 돈은 남의 돈이라구."

맞는 말이다.

무혁은 열심히 오크를 베어 넘겼다.

구사일생으로 일본을 탈출한 히로 경부가 도착한 곳은 대한민국의 거제도였다.

그곳에서 히로 경부는 무혁을 만났다.

무혁은 히로 경부에게 JMO에서 창설할 예정인 전투 부대의 지휘관이 되라고 강요했다.

거제도에는 히로 경부 말고도 일본을 빠져나온 자위대원이 상당수 있었다.

전투는 군인의 몫이지 경찰의 영역이 아니다.

히로 경부 자신의 의사와 상관없이 무혁의 말이 이뤄질 것 같지 않았다.

그러나 놀랍게도 히로 경부는 지휘관에 임명되었다.

지휘관으로서 히로 경부는 자위대원을 중심으로 해외에서 돌아온 유학생들을 더해 가미가제 부대를 창설했다.

가미가제 부대의 목표는 일본 본토 탈환이었고 그 첫 번째 대상으로 대마도가 선정된 상태였다.

준비 과정은 너무도 험난했다.

가장 문제가 되는 것은 단연 돈이었다.

사실 돈은 많았다.

일본의 기업이나 개인이 외국에 저축한 돈과 부동산을 합하면 천문학적 금액이었다.

하지만 각국 정부는 일본의 자금을 동결했다.

그들은 기업과 개인의 돈을 일본임시정부와 JMO가 가질 법적 근거가 없다는 논리를 내밀었다.

나라가 사라진 민족에게 세상은 냉혹했다.

그때, 무혁이 다시 나타났다.

무혁은 히로 경부에게 돈을 벌 생각이 없냐고 말했다.

"어떻게 말입니까?"

"저기 많잖아."

무혁은 동쪽을 가리켰다. 그곳에는 일본이 있었다.

다음 날부터 히로 경부는 무혁과 일행을 따라 일본 전역을 전전해야 했다.

마지막 오크를 베어 넘긴 세바스찬이 무혁에게 다가왔다.

"저 사람은 왜 데리고 다니는 거야?"

"미안해서."

솔직한 감정이었다.

무혁은 일본에 사죄하고 싶었지만 대상은 사라지고 없었다.

대신 무혁이 선택한 사람이 유일하게 알고 있는 일본인인 히로 경부다.

겪어보니 히로 경부는 지휘력도 있었고 인성도 나쁘지 않았다.

무혁은 일본에서 엄청난 양의 문화재와 금괴를 한국으로 반출했다.

문화재들은 철저한 감정을 거쳐 한반도 유물과 일본 유물로 분류된 후 한반도 유물은 대전 인근의 벙커로, 나머지 유물은 무혁 소유의 창고로 옮겨졌다.

금괴의 절반은 히로 경부에게 주어졌다.

나머지 절반은 당연히 무혁과 일행의 몫이었다.

대마도 회복을 위한 함대가 부산 앞바다에 집결한 날은 유난히 화창한 가을의 어느 날 아침이었다.

한국과 미국과 러시아의 연합함대와 이제는 가미가제 부대로 편입된 몇 척의 구 자위대 군함의 목적은 단 하나, 대마도를 수복한 후 그곳에 일본을 재건하는 일이었다.

히로 경부는 공고함의 함교에서 모여든 대함대를 지켜보고 있었다.

마음이 벅차올랐다.

이 출항을 위해 근 한 달간 일본 전역을 도둑놈처럼 뒤져

금을 모았다.

이제 그 결실을 맺을 시간이다.

부서져 흔적조차 찾기 힘들었던 희망의 불을 본 것 같았다.

약속된 출항 시간은 10시였다.

히로 경부는 하염없이 시계를 바라보았다.

시곗바늘이 10시를 지나 10시 5분을 가리켰다.

마음이 조급해졌다.

"신호는 아직인가?"

"그렇습니다."

"확인해 봐."

"알겠습니다."

통신관이 무전기에 매달려 연합함대의 기함인 한국 해군
의 독도함을 호출했다.

'독도함이라… 이젠 영원히 다케시마라는 이름을 거론할
일은 없겠지.'

무전을 끝낸 통신관의 얼굴이 사색이 되었다.

"무슨 일인가?"

"오늘 작전은 취소되었답니다."

"그게 무슨 소리야? 취소라니?"

"그게… 직접 보시는 편이……."

통신관이 대답 대신 모니터를 켜고 위성 채널을 CNN에 맞쳤다.

영상 속의 앵커가 다급한 목소리로 뉴스를 전하고 있었다.

영상을 바라보던 히로 경부는 절망했다.

이제 일본을 되찾을 확률은 한없이 제로에 수렴했다.

제49장

둠스데이 임팩트

Sanctum

인류의 역사에 있어 가장 큰 변화의 날이 도래했다.

변화의 시작점은 세계 최대의 인구를 자랑하는 상하이였다.

상하이의 상징이라고 할 수 있는 동방명주의 최상단 텔레비전 송신탑에서 검은 연기가 흘러나오기 시작했다.

검은 연기는 삽시간에 푸동을 뒤덮었고 상하이 전체로 퍼져 나갔다.

거의 같은 시간에 프랑스의 수도 파리의 에펠탑 전망대에서도 검은 연기가 흘러나왔다.

브라질 리우데자네이루의 명물인 예수상에서도 검은 연기가 흘러나왔다.

뉴욕의 엠파이어스테이트 빌딩에서도, 시카고의 시저스타워도 검은 연기를 비켜가진 못했다.

영국 런던의 템즈 강변의 런던아이에서도, 베이징의 상징이라고 할 수 있는 자금성 태화전에서도 검은 연기는 흘러나왔다.

그렇게 시작된 검은 연기의 행렬은 세계 1,000대 도시를 집어삼켰다.

도시는 삽시간에 아수라장으로 변하고 말았다.

국가 기능은 마비되었고 연기를 피한 인류는 살아남기 위해 산으로 숨어들었다.

살아남는 데 그치지 않고 반격을 생각한 인간도 있었다.

몇 발의 핵무기가 오크 밀집 지역으로 변한 도시에 떨어졌다.

하지만 그것은 오판이었다.

핵무기에 직격당한 오크는 재로 산화했지만 단지 방사능에 노출됐을 뿐인 오크들과 몬스터들은 돌연변이를 일으키기 시작했다.

돌연변이는 광범위하고 예상하지 못한 방향으로 일어났다.

하늘을 나는 몬스터인 가고일과 히피가 생겼다.

바다를 터전으로 하는 머메이드와 머맨, 서펜트, 악어 인간도 이때 발생했다.

인류는 몬스터들을 물리치겠다는 망상을 버렸다.

이제 인류가 집중해야 할 단 한 가지 목표는 생존 오직 그 하나뿐이었다.

＊　　　＊　　　＊

검은 안개의 참화를 빗겨 난 몇몇 나라도 존재했다.

아프리카의 후진국 몇 개국과 남태평양과 카리브해의 작은 섬나라 몇 개 그리고 대표적으로 대한민국이 그랬다.

이제 대한민국은 스스로 생존해야 했다.

당면한 문제는 석유를 비롯한 물자들이었다.

다행히 참화 당시 항해 중이던 상선들이 밀려들어 잠시 숨을 돌릴 수 있었다. 하지만 장기적으로 석유 문제를 해결하지 못하면 대한민국은 스스로 자멸할 판이었다.

그 해결책으로 제시된 것이 몬스터의 영향을 받지 않는 해상유전이었다.

정부는 군함과 유조선을 짝을 이뤄 발해만의 쑤이중(綏中) 유전을 비롯해 중국과 알라스카 등지의 해상유전으로 파견했다.

군함은 부족하지 않았다.

대한민국에는 기존 전력 이외에도 중국과 대치 중이던 미군 함대와 러시아의 북해 함대들로 만원이었다.

이들 군함들은 본국 정부가 제 기능을 발휘하기 전까지 대한민국 정부의 통제를 받는다는 서약을 한 상태였다.

'둠스데이 임팩트'라 명명된 그날 이후 2년이 지났다.

그동안 여러 가지 문제가 있었지만 한국은 슬기롭게 위기를 극복했다.

가장 큰 문제는 북한 몬스터들의 이동이었다.

북한의 몬스터들은 먹이를 찾아 남하를 감행했다.

그러나 몬스터의 남하는 휴전선에 의해 가로막혔다.

반세기 넘게 200만 대군이 대치하고 있던 휴전선은 그 자체로 철옹성이었다.

정부는 가진 화력 대부분을 북상시켰고 그 화력을 남하하는 몬스터 저지에 사용했다.

아무리 대형 몬스터들이라도 현대식 탱크와 자주포의 합동사격을 이겨낼 수는 없었다.

간혹 등장하는 초거대 몬스터는 항공기에 의한 폭격으로 해결했다.

동시에 정부는 휴전선 철책을 콘크리트 장벽으로 교체하는 공사를 시작했다.

2년에 걸친 공사 끝에 휴전선은 높이 20m의 콘크리트 장벽으로 대체되었다.

한숨 돌리게 된 정부는 밖으로 눈을 돌렸다.

이제는 주한 미군이 아니라 한국군 미군단이 되어버린 미8군단을 통해 인공위성 정찰과 U2기에 의한 항공정찰이 실시되고 있었다.

그동안의 조사 결과에 의해 아직도 상당수의 인간이 산속이나 고립된 건물에서 생존하고 있음이 밝혀졌다.

이 사실이 알려지자 대한민국은 이들을 구해야 한다는 측과 우리도 살기 바쁘다는 측으로 나뉘어 갑론을박이 벌어졌다.

대통령은 구출을 선택했다.

"우리는 한국인이기 전에 인간입니다. 그들을 구하지 않으면 우리가 몬스터와 다른 점이 있을까요? 인간으로서의 존엄성을 기억하시길 바랍니다."

멋진 연설이었지만 속사정은 달랐다.

대통령은 한국군 관할하에 있으면서도 독자적인 명령 계통을 유지하고 있는 미군과 러시아군에게 엄청난 압박을 받고 있었다.

오랜 시간에 걸친 협의 끝에 구출 작전의 시작은 미국으로 결정되었다.

이젠 인간의 흔적이 보이지 않는 블라디보스토크 인근에 비해 미국 서부 해안은 시애틀과 샌디에이고, 로스앤젤레스, 샌프란시스코 시애틀을 중심으로 소규모 그룹이 생존을 이어가고 있다는 사실이 확인되었기 때문이다.

원정함대의 주력은 샌디에이고가 모항인 미 해군 3함대가 맡았다.

무려 3척의 항공모함과 80척 이상의 전투함으로 이뤄진 이 함대는 사실상 지구 최강의 전력이었다.

원정단에는 육상 전투를 맡을 해병 1사단도 합류했다.

해병 1사단은 그동안 일본의 몬스터를 상대로 충분한 실전 경험을 가진 최강의 대 몬스터 전투 집단이었다.

장도에 오른 원정단은 항해 20여 일 만에 샌디에이고에 도착했다는 통신을 보내왔다.

샌디에이고를 중심으로 인류 구출 작전이 시작되었다.

시작은 순조로웠다.

해병 1사단은 탱크와 장갑차를 동원해 몬스터들을 처리하며 위성에 나타난 인류 생존지로 이동했다.

$$* \qquad * \qquad *$$

무혁은 올리비아에게 소리쳤다.

"그게 무슨 소립니까?"

"원정단이 실패했다구요."

"어제만 해도 순조롭다고 하지 않았습니까?"

"저도 그렇게 알고 있었어요. 하지만 밤사이 상황이 변했어요."

"도대체 어떤 상황이길래 그 무력이 실패한단 말입니까?"

"정확히 말하면 실패가 아니에요. 대부분이 포로로 잡혔으니까요."

무혁은 세바스찬을 바라보았다.

오크가 포로를 잡느냐는 의미다.

세바스찬이 고개를 흔들었다.

"오크는 포로를 잡지 않아. 하루 이틀은 도시락 삼아서 살려둘 수도 있겠지만 말야."

"대부분이라잖아. 원정단의 총수가 2만 명이 넘어."

올리비아가 말했다.

"원정단을 포로로 잡은 이들은 오크가 아니에요. 인간이에요."

"미국에 그 정도 무력을 가진 인간이 살아남았다는 말입니까? 그렇다면 더더욱 이해가 안 되는군요. 원정단의 주력은 미군입니다. 미국인이 미군을 포로로 잡을 리 없잖습니까?"

"저도 그렇게 생각해요. 하지만 사실이 그래요."

올리비아가 리모컨으로 모니터를 켰다.

"어제 상황을 찍은 위성 영상이에요."

"……."

해병 1사단의 배후에 은빛 갑옷을 입은 무리가 나타났다.

그들은 인간 같지 않은 속도로 움직이며 해병 1사단을 유린했다.

같은 시간 찍힌 샌디에이고 항 사진도 있었다.

먼저 수백 마리의 와이번이 보였다.

와이번의 등에는 예의 은빛 갑옷을 입은 무리가 타고 있었다.

군함의 상공에 다다르자 은빛 갑옷들이 뛰어내렸다.

그리고 갑판에 있던 병사들을 도륙했다.

세바스찬이 입을 열었다.

"용기사야. 지구에서 볼 줄은 몰랐는걸!"

"설명해봐."

"용기사는 와이번을 타는 기사를 말해. 생텀에서도 극히 일부 국가에서만 운용하지. 돈이 너무 많이 들거든. 가장 많은 용기사를 운용하는 국가는 헤르메단테 교국이지. 헤르메단테 교국은 하늘의 신인 헤르스 님에게 바쳐진 나라거든."

헤르메고 헤르스고 간에 중요한 건 그게 아니다.

"그러니까 왜 용기사가 미국에 있냐고!"

세바스찬이 왜 그 이유를 모르냐는 듯 되물었다.

"나도 모르지."

"……."

이제 믿을 사람은 로미뿐이다.

"저도 몰라요."

로미 역시 고개를 저었다.

무혁은 생각을 가다듬었다.

가장 현실적인 이유가 떠올랐다.

"굿마나라 석굴에서 푸타나는 신들이란 단어를 썼어. 그때는 신경 쓰지 않았는데 지금 생각해 보니 이상해. 혹시 투르칸 말고 헤르메인지 헤르스인지 하는 신의 종들도 지구에 온 것 아닐까?"

그들이 지구에 오는 길은 터널이 유일하다.

무혁은 올리비아에게 답을 구했다.

"절대 아니에요."

올리비아가 고개를 저었다.

"그럼 뭐냔 말입니까?"

"그래서 무혁 씨와 로미 씨와 세바스찬 씨를 부른 거예요. 미국에 가주세요."

"네?"

이제 미국은 12시간만 비행기를 타면 갈 수 있는 나라가 아니다.

이미 미국은 신대륙으로 발견되기 전의 미지의 세상이나 다름없다.

화면에 굴비 엮듯 엮여 끌려가고 있는 원정단의 모습이 보였다.

등골이 오싹하고 가슴이 뜨끔했다.

상대는 몬스터가 아니다.

상대는 인간이다.

그것도 하늘을 나는 인간이다.

진심으로 자신이 없었다.

"내가 왜요?"

무혁은 반항했다.

하지만 반항은 깔끔하게 무시되었다.

"대통령께서는 당신이 말을 듣지 않으면 전 재산을 압류하겠다고 말씀하셨어요."

"아무리 대통령이라고 해도 개인의 재산을 압류할 수는 없는 법입니다."

"지금은 계엄령이라고도 전하라고 하더군요."

"……."

다음 날 아침 무혁은 세종대왕함의 갑판에 서 있었다.

"젠장!"

무혁의 목소리가 슬프게 바다에 메아리쳤다.

그 모습이 이상하게 보였는지 갑판을 청소하던 수병이 다
가와 말을 걸었다.

"여자는 또 사귀면 되는 법입니다."

"……."

"그 서양 아가씨가 예쁘긴 하지만 솔직히 말해 당신과 그
서양 남자는 비교가 되질 않잖습니까."

"……."

진심으로 수병을 대한해협에 날려 버리고 싶었다.

하지만 그럴 수 없었다.

수병이 대마도를 가리키며 한 말 때문이었다.

"세상이 어떻게 될까요? 내 여자친구도 일본 유학 중에 변
을 당했죠."

"……."

대답을 할 수 없었다.

수병과 같은 슬픔을 겪고 있는 이들에게 무혁이 해줄 수 있는 일은 한가지뿐이었다.

'푸타나!'

무혁은 용기사의 뒤에 푸타나가 존재한다고 믿고 있었다.

푸타나가 아니면 그런 집단을 만들 능력을 가진 존재를 떠올릴 수 없었기 때문이다.

'죽일 거야. 푸타나.'

무혁은 이를 악물었다.

제50장

용기사

Sanctum

20일간의 항해 끝에 태평양을 횡단한 세종대왕 함은 캘리포니아반도의 한적한 해변에 도착했다.

세종대왕 함이 이지스 함이기는 하지만 신의 방패라는 이지스 시스템이 하늘로 날아오는 와이번과의 전투를 고려해 설계된 건 아니었다.

때문에 원정단이 괴멸한 샌디에이고 항은 처음부터 목적지에서 배제되어 있었다.

식량과 무기를 챙긴 무혁과 일행은 해변을 따라 북상을 시작했다.

올리비아가 걱정스러운 목소리로 말했다.

—위성 사진을 보내요. 위성의 상태가 좋지 않아서 최신 정보 업데이트가 늦어질 테니 고려하세요.

둠스데이 임팩트가 발생한 지도 3년에 가까운 시간이 지났다.

대한민국에 사는 사람들은 많은 변화에 적응을 강요당해야 했다.

그중에 하나가 내비게이션의 불능 상태다.

시간이 지나감에 따라 GPS위성들이 하나둘씩 수명을 다해 갔고 대한민국은 새로운 위성을 발사할 능력이 없었다.

GPS위성뿐만이 아니라 정보 획득에 필수적인 정찰 위성들 역시 기능 오류를 일으키는 일이 잦아졌다.

올리비아는 그 점을 걱정하고 있는 듯했다.

"태평양도 위성항법시스템 없이 건너왔습니다. 땅이야 껌이죠. 걱정 마십시오."

—조심하시구요.

"알겠습니다."

위성 사진을 고려할 때 목적지까지는 대략 일주일 정도의 기간이 소요될 것으로 예상되었다.

"걷는 건 멍청한 짓이겠지? 차를 구해야겠어."

일행은 해변에서 벗어나 가장 가까운 마을인 산 콴틴을 찾아 내륙으로 진입했다.

전형적인 농촌 마을이었을 산 콴틴은 아무런 인기척도 느껴지지 않는 유령 마을이었다.

"어때?"

"생명의 기운은 느껴지지 않아."

"들어가자."

샌디에이고를 향해 뻗어 있는 1번 국도에 인접한 산 콴틴에는 부서지고 망가진 자동차들이 널려 있었다.

무혁은 그중에서 그나마 깨끗한 SUV를 골라냈다.

"시동이 걸리지 않아."

시동이 걸리면 그것이 오히려 이상한 일이다.

3년은 결코 짧지 않은 시간이다.

무혁은 가까운 자동차 정비소를 뒤져 새 배터리를 찾아냈다.

"걸려라!"

운이 좋았다.

부르르릉!

SUV가 검은 연기를 토해내며 되살아났다.

"걷지 않아도 좋고, 에어컨 나오니 더 좋고!"

"게으른 형에게나 해당되는 말이겠지."

"두고 간다."

"형 멋져."

"큼, 휘발류 통이나 실어, 갈 길이 멀어."

"네네."

일행은 빠른 이동을 위해 최소한의 짐만 가지고 왔다.

자동차가 생겼으니 짐을 줄일 필요가 없다.

무혁은 마을을 샅샅이 뒤져 각종 캔과 음료수 등을 차에 쓸어 넣었다.

"먹으면 죽지 않을까?"

"너부터 먹을 테니까 상관없어."

미지의 은빛 갑옷 집단으로의 여행은 그렇게 시작되었다.

400㎞ 정도를 달렸지만 오크의 그림자도 찾아볼 수 없었고 다른 몬스터도 마찬가지였다.

"이 정도면 인간이 살아도 될 것 같은데?"

"오크들은 기본적으로 무리 생활을 해요. 무리는 크면 클수록 강력한 법이죠."

"여기서 생겨났을 오크들과 주변의 오크들이 모두 모여 대집단을 이뤘다는 말인가?"

"아마도요."

우측으로 험준한 산들이 늘어서 있었다.

저 안 어딘가에 수만, 수십만, 많게는 수백만의 오크가 드글거리고 있을 거라 생각하니 마음이 서늘해졌다.

어쨌든 첫 번째 목적지인 멕시코의 국경도시 티후아나(Tijuana)까지의 여정은 생각 이상으로 순조로웠다.

물론 순조롭다는 말의 의미는 3,000마리의 오크에게 포위되었거나 200마리의 오거와 전투를 벌였다거나 하는 일이 없었다는 정도였다.

사고는 끊임없이 일어났다.

자이언트 앤트 수백 마리가 SUV를 뒤쫓기도 했고 슬라임의 구덩이를 피해 해변을 달리기도 했다.

가장 섬뜩했던 순간은 잠시 차를 멈추고 생리 현상을 해결하던 시점에 일어났다.

자동차 엔진 소리에 반응한 자이언트 어스웜이 일행을 덮쳤다.

자이언트 어스웜은 굿마나라 석굴에서도 새끼를 만난 적이 있다. 당시 죽을 뻔했던 경험을 고려할 때 길이가 40m에 이르는 거대 지렁이 자이언트 어스웜과 싸우는 것은 휘발유를 뒤집어쓰고 화염방사기 앞에 서는 격이다.

"자이언트 어스웜에 먹혀 멕시코 대지의 거름이 되고 싶은 생각은 추호도 없어."

무혁은 전투보다 도주를 선택하는 합리적인 사고를 보여

주었다.

"선불 맞은 멧돼지 같더니만 많이 좋아졌어."

"36계 중 최고는 줄행랑이라구."

그렇게 이런저런 일을 겪으며 하루를 꼬박 달려 일행은 티후아나 외각에 도착했다.

샌디에이고와 접한 국경도시인 티우아나는 1년에 1,200만 명의 관광객이 찾는 국제 관광도시다.

일요일이면 10만 명에 가까운 관광객이 미국 국경을 넘어 찾아 경마(競馬), 경견(競犬), 투우(鬪牛)를 즐기고 이들을 대상으로 한 나이트클럽, 바, 도박장 등이 성업을 이룬다.

그러나 지금의 티우아나 시는 마굴(魔窟)로 변해 있었다.

무혁은 사막의 모래알처럼 바글거리는 오크들을 보며 혀를 찼다.

"어떻게 생각해?"

"우회하자."

세바스찬의 말이 맞다.

무혁은 우회로로 바다를 선택했다.

배를 구하고 북상해 샌디에이고 항 북쪽의 오션사이드까지 이동하는 데 꼬박 하루가 소요되었다.

이제 본격적인 임무에 돌입할 시점이다.

"원정대가 마지막으로 위성에 관찰된 장소는 클리블랜드 국유림이야."

클리블랜드 국유림은 46만 에이커에 이르는 광대한 크기를 자랑하며 샌디에이고, 오렌지카운티, 그리고 리버사이드 카운티에 걸쳐 있다.

사실상 로스앤젤레스 이하 캘리포니아 남부 지역에서는 가장 큰 산림이다.

"올리비아는 팔로만 산 정상지대가 은빛 갑옷들의 거점일 거라고 생각하고 있어."

팔로마 산은 그 자체보다 팔로마 천문대로 더 알려진 산이다.

팔로마 천문대는 NASA 제트 추진 연구소로도 알려져 있는 캘리포니아 공과대학(CALTECH)에서 우주 연구를 위해 만든 천문대로 처음 설립될 당시에는 세계에서 가장 큰 망원경을 지닌 것으로 유명했다.

"직선거리로 대략 40㎞정도야. 차는 위험하니 도보로 이동하겠어."

무혁은 76번 도로를 통해 와일더네스 가든스 공원을 거쳐 팔로마 천문대로 진입하는 루트를 선택했다.

몇 집단의 오크와 오거들을 물리치며 때로는 숨고 때로는 강행돌파를 감행한 끝에 일행은 이틀 만에 팔로마 산 기슭에 도착했다.

산을 오르는 일은 지금까지 여정의 몇 배나 힘들었다.

신성력과 마나를 사용하는 일행이 육체적으로 힘들 리 없으니 이유는 다른 곳에 있다.

"젠장!"

무혁은 욕설을 내뱉었다.

수시로 하늘에서 출몰하는 와이번을 탄 용기사 때문이다.

아마도 정찰이 목적일 용기사들은 특별한 기척 없이 느닷없이 등장했기에 한시도 긴장을 늦출 수 없었다.

그래도 멈출 수 없었다.

신경이 말라 타들어갈 무렵 일행은 팔로마 천문대가 멀리 보이는 분지 초입에 다다를 수 있었다.

* * *

펼쳐진 광경은 놀라웠다.

팔로마 천문대는 이미 천문대가 아니라 거대한 공사장이었다.

원정대로 보이는 군복을 입은 사람들과 다 헤진 옷을 입은 사람들이 섞여 사각형으로 다듬어진 돌을 끌고 밀고 나르고 있었다.

그렇게 나른 돌들이 모이는 곳은 팔로마 천문대를 중심으로 건설되고 있는 성의 성벽이었다.

팔로마 산 정상에는 거대한 성이 축성되고 있었다.

"두 사람을 만난 후로 놀라운 꼴을 많이 봤지만 지금만큼은 아니다."

"나도 지구에서 성을 건설하는 모습을 볼 줄은 정말 몰랐어."

"헤르메단테 교국의 축성 양식이냐?"

"아냐. 헤르메단테 교국뿐만이 아니라 내가 본 어떤 성의 양식과도 달라."

"일단 헤르스 신을 모시는 놈들일 가능성이 줄어든 건가?"

"그렇게 단순하게 생각할 일이 아니야. 성이란 그 양식보다 지형과 환경의 영향을 더 받는 법이거든."

"……"

세바스찬은 가끔 무혁을 놀래킬 때가 있다.

바로 지금이 그런 경우다.

오랜만에 기특한 소리를 한 세바스찬이 물었다.

"이제 어떻게 할 계획이야?"

"……"

말문이 막혔다.

처음부터 계획은 하나였다.

원정대를 구출하고 은빛 갑옷의 정체를 밝히는 것.

세바스찬이 핵심을 찔러왔다.

"생각 없었구나?"

"……."

세바스찬의 말대로 어떻게라는 방법론은 계획에 없었다.

'방법이야 지금부터 생각해도 된다구.'

그런데 생각할수록 막막하다.

무작정 은빛 갑옷 한 사람을 잡아 '너 누구냐?' 라고 물어볼 수도 없다.

그러다가 일행의 침입이 밝혀지기라도 하면 대책이 없다.

지상에서 최강자라고 자부하는 세바스찬도 하늘에서 공격하는 용기사를 상대하지는 못한다.

물론 AWSM 저격소총이 있긴 하지만 그것도 상대가 한두마리일 때 이야기다.

위성 영상에서 본 것처럼 수백 마리의 용기사가 떼로 몰려들면 AWSM 저격소총은 소리 없는 아우성에 지나지 않는다.

머리가 부서지도록 고민을 한 무혁은 한 가지 방법을 찾아냈다.

무심하리만큼 단순하고 생각 없는 간단한 방법이다.

"방법은 하나야!"

"말해봐!"

무혁은 돌을 나르고 있는 사람들을 가리켰다.

"저 안에 들어가는 거지."

"……."

"그래서 상황을 파악하고 정보를 수집한 다음 기회를 엿보는 거야."

"기회를 엿본 다음에는?"

"……."

쓸데없이 날카로운 세바스찬이다.

무혁은 버럭 화를 냈다.

"그때 일은 그때 가서 고민하면 되는 거야. 잔말 말고 시키는 대로 해!"

세바스찬이 로미에게 말했다.

"남자도 그날이 있나 봐?"

"무슨 소리예요?"

"그날 말이야. 그날! 여자가 마법에 걸리는 날!"

"…변태!"

로미의 손이 세바츠찬의 뺨에 명중했다.

소드 익스퍼트 최상급이 아니라 소드마스터도 피하지 못

할 만큼 강력한 스윙이다.

　무혁은 자신도 모르게 박수를 쳤다.

　"잘했어! 로미!"

　"크크크크."

　"호호호호!"

　장난은 끝났다.

　일행은 장비를 숨기고 입고 있던 옷들을 찢어 더럽혔다.

　이제 포로들과 섞일 시간이다.

　'인간을 노예로 부리는 놈들을 용서하지 않겠어.'

　왠지 한물간 열혈 청춘 애니메이션의 주인공이 내뱉을 만
한 부끄러운 대사였지만 무혁은 개의치 않았다.

　그 대사는 진심이었기 때문이다.

『생텀』 5권에 계속…

FANATICISM HUNTER

광신사냥꾼

류승현 판타지 장편 소설

FANTASY FRONTIER SPIRIT

「블레이드 마스터」의 류승현 작가가 펼쳐내는
판타지의 새로운 신화!

마도대전을 승리로 이끈 유리언 대륙의 영웅,
최강의 아크 메이지 제온!

그러나 '세상의 섭리'에 아내와 아이를 빼앗기는데……

『광신사냥꾼』

만약 그것이 정말로 세상의 섭리라면,
그마저도 무너뜨리고 말리라!

복수를 위한 제온의 위대한 여정이 시작된다!

Book Publishing CHUNGEORAM

유행이 아닌 자유추구 -
WWW.chungeoram.com

절정고수들이 하늘 높은 줄 모르고 질주하는 현 세상.
서른여덟 개의 세력이 서로를 견제하는 혼돈의 시대.

그 일촉즉발의 무림 속에
첫 발을 디딘 어린 소년.

"나는 네가 점창의 별이 되기를 원한다."

사부와의 약속을 지키고
난세로 빠져드는 천하를 구하기 위해
작은 손이 검을 들었다!

박선우 新무협 판타지 소설 FANTASTIC ORIENTAL HE

풍운사일

내일을 향해 쏴라

김형석 장편 소설

FUSION FANTASTIC STORY

1만 시간의 법칙!
'성공은 1만 시간의 노력이 만든다' 는 뜻이다.

그러나…
사회복지학과 복학생 수.
전공 실습으로 나간 호스피스 병동에서
미지와 조우하다.

1만 시간의 법칙?
아니, 1분의 법칙!

전무후무한 능력이 수에게 강림하다!
맨주먹 하나로 시작한 수의
인생역전이 시작된다!

Book Publishing CHUNGEORAM

www.chungeoram.com

문용신 新무협 판타지 소설

FANTASTIC ORIENTAL HEROES

한량 아버지를 뒷바라지하며
호시탐탐 가출을 꿈꾸던 궁외수.

어린 시절 이어진 인연은
그를 세상 밖으로 이끄는데……

"내가 정혼녀 하나 못 지킬 것처럼 보여?"

글자조차 모르는 까막눈이지만,
하늘이 내린 재능과 악마의 심장은
전 무림이 그를 주목하게 한다.

"이 시간 이후 당신에겐 위협 따윈 없는 거요."

무림에 무서운 놈이 나타났다!

Book Publishing CHUNGEORAM

유행이 아닌 자유추구 -
WWW.chungeoram.com